CLAMP

2

TOKYO BABYLON

A SAVE FOR TOKYO CITY STORY

CARLSEN COMICS

TOKYO BABYLON
A SAVE FOR TOKYO CITY STORY

2

CLAMP

TOKYO BABYLON

A SAVE FOR TOKYO CITY STORY

VOL. 3
CALL.A

MADE IN JAPAN 1992
TOKYO BABYLON

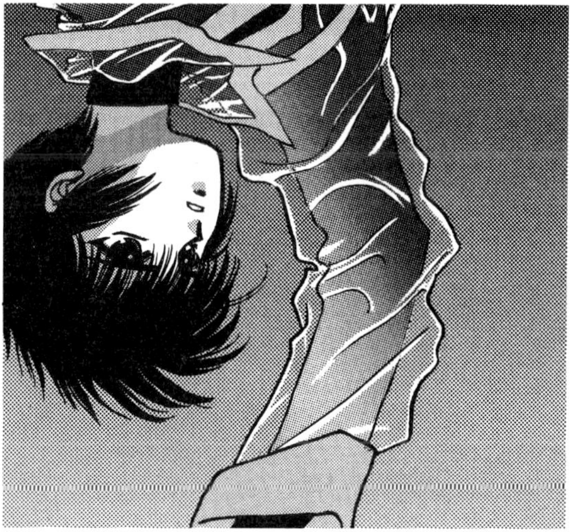

STARRING: Subaru Sumeragi, Hokuto Sumeragi,
Seishiro Sakurazuka

AND INHABITANT IN TOKYO

2

PLANNING AND PRESENTED BY CLAMP 1992 JAPAN

RUF
°
MICH
°
DOCH
°
JEMAND

VERSTEHST DU, ICH BIN AUSERWÄHLT! ICH BIN NICHT NORMAL.
MOMENTAN GEHE ICH ZWAR ZUR SCHULE UND FÜHRE EIN NORMALES LEBEN, ABER...
... IRGENDWANN WIRD MEINE GEHEIME KRAFT ERWACHEN!
DER TAG DER VERABREDUNG WIRD KOMMEN.
DANN GEHT DIE WELT UNTER. DIE KRIEGE, DIE JETZT STATTFINDEN, SIND VORZEICHEN DAFÜR.
DIE WELT WIRD UNTERGEHEN! ICH WUSSTE ES. ICH HABE ES VORAUSGESEHEN.
DOCH DIE AUSERWÄHLTEN WERDEN SIE RETTEN!

IM FRÜHEREN LEBEN WAREN WIR KRIEGER.
AUCH DAMALS HABEN WIR FÜR DIE WELT GE-KÄMPFT.
WIR SIND ANDERS... AUSERWÄHLT, UM DIE ERDE ZU RETTEN.
WIR WARTEN DARAUF...
... DASS UNS JEMAND UNSERE AUFGABE ZUTEILT.

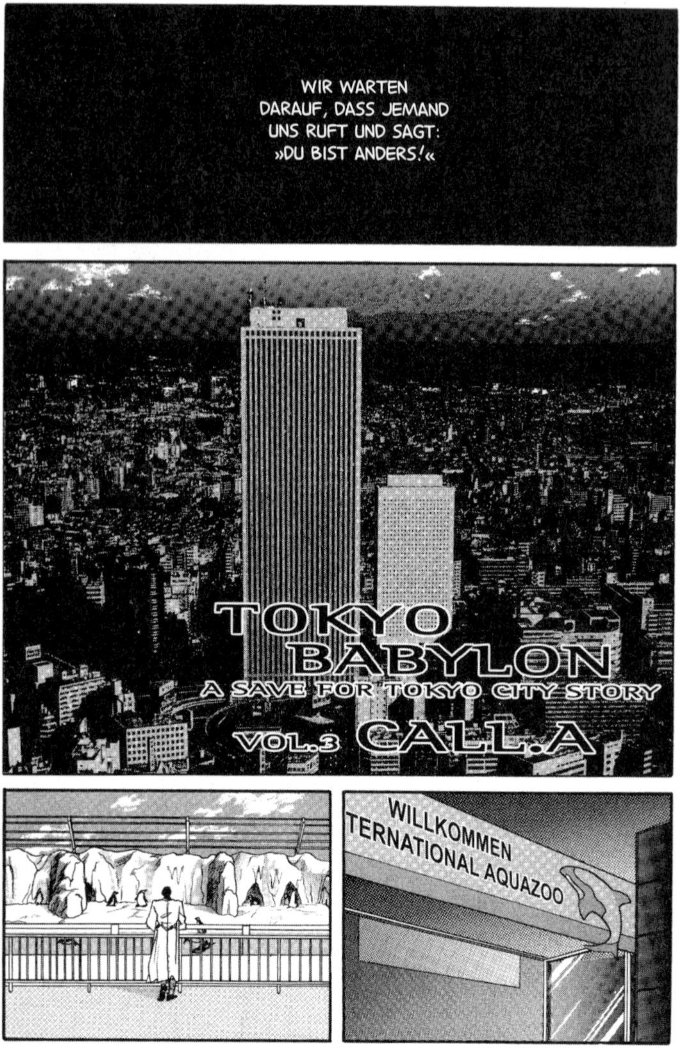
WIR WARTEN DARAUF, DASS JEMAND UNS RUFT UND SAGT: »DU BIST ANDERS!«
TOKYO BABYLON
A SAVE FOR TOKYO CITY STORY
VOL.3 CALL.A
WILLKOMMEN
TERNATIONAL AQUAZOO

DIE DAMEN UND HERREN MAGELLAN-PINGUINE SIND MUNTER WIE IMMER!
TATA
WOMM
OH!
VE... VER-ZEIHEN SIE!
GEHT ES IHNEN GUT, FELSEN-HÜPFER-PINGUIN-SAN?
WURDE SUBARU-KUN AUFGEHAL-TEN? WIR WAREN FÜR ZWEI UHR VERAB-REDET...

ES WAR WOHL ZIEMLICH DUMM, SICH VOR DEM SUNSHINE AQUAZOO ZU VERABREDEN, WAS MEINEN SIE...
... MACCARONI-PINGUIN-SAN?
TATA
SUBARU-KUN!
ENTSCHULDIGUNG! MEIN JOB HAT LÄNGER GEDAUERT!
ES TUT MIR LEID!
SWUPP
KEINE URSACHE!
SCHLIESSLICH HABE ICH DICH EINFACH EINGELADEN, OBWOHL DU ZU TUN HAST.
TROTZDEM!

SCHÖN, DASS DU GEKOMMEN BIST!
HAST DU ZU MITTAG GEGESSEN, SUBARU-KUN?
NEIN, ICH HABE SEIT HEUTE MORGEN GEARBEI-TET...
DANN BIST DU SICHER HUNGRIG!
J...JA... SCHON ...
NA, DANN LASS UNS ERST MAL WAS ESSEN.

* Stadtteil im Nord-Westen von Tokyo

ES TUT MIR WIRKLICH LEID.
IST DER JOB GUT GELAUFEN?
J...JA, GANZ GUT...
HAST DU HEUTE EIN WENIG ZEIT?
JA!
PLING♪
DZZT
DANN WIRD ES JA DIESMAL EIN RICHTIGES DATE!
D... DATE...

DA, EIN WAHRSAGER-STÜBCHEN! DIE SIND JETZT ZIEMLICH IN...
MAGST DU SO ETWAS, SUBARU-KUN?
NEIN, ORAKEL... SIND VERBOTEN...
IM HAUSE SUMERAGI?
NA JA, WIR DÜRFEN NICHT ZU IRGENDWELCHEN WAHRSAGERN GEHEN.

SE… SEISHIRO-SAN!
SCHLEIF
LASS UNS EIN PARTNERHOROSKOP MACHEN!
WAAAS ?!
ES IST EIN COMPUTER, KEIN WAHRSAGER, ALSO…
… BRICHST DU AUCH DAS GESETZ DEINER FAMILIE NICHT.
ABER… ÄH…!
EIN PARTNERHOROSKOP BITTE!
GERNE! DAS GEBURTSDATUM DES PARTNERS BITTE?
WAAAS?!
WANN BIST DU GEBOREN, SUBARU-KUN?
ÄH, ALSO… AM 19. FEBRUAR 1974.
WO SIND SIE GEBOREN ?

I...IN TOKYO.
WIRK-LICH?
J...JA.
UND SIE?
ICH?
ICH BIN AM 1. APRIL 1965 IN TOKYO GEBOREN.
EINEN MOMENT BITTE.
KLACKER KLACKER

WIE NETT FÜR SIE, JEMAND AUS DER OBERSCHULE ALS PARTNER...
KLACKER KLACKER
OH NEIN, NOCH IST DIE LIEBE EINSEITIG ...
ACH, DABEI PASSEN SIE SO GUT ZUSAMMEN!
IHRE FREUNDIN IST SO HÜBSCH. UND DIESE SEXY, RAUCHIGE STIMME!
DZRR
ES IST KEINE SIE, SONDERN EIN ER!
HÄ?
KEIN MÄDCHEN?
NEIN, EIN JUNGE.
PIIIIEP
PIIIIEP

PIIIIEP
PIIIIEP
PIIIIEP
PIIIIEP
VE... VER-ZEI-HUNG.
PIEP
MACHT GAR NICHTS.
DU HAST ALSO EINEN PAGER DABEI!
FALLS PLÖTZLICH EIN AUFTRAG KOMMT...
POKET
NTT
EIN PAGER! AUCH DIE YIN-YANG-MEISTER GEHEN MIT DER MODE!
VON WEM IST DIE NACHRICHT?
VON HOKUTO-CHAN.
¥500

DU SOLLTEST SIE ANRUFEN.
PIEP
HOFFENTLICH IST DAS ERGEBNIS POSITIV, NICHT WAHR, SUBARU-KUN!
ÄHM ...
SEISHIRO-SAN, LASS BITTE DIESE SCHERZE ...
DU GLAUBST MIR NICHT, DASS ES KEIN SCHERZ IST?
RASCHEL
NEIN, DAS MEINE ICH NICHT...
ICH LIEBE DICH, SUBARU-KUN.
OH
OH
EI...EIN TELEFON ...!

ENT-SCHULDIGE, HOKUTO-CHAN, ICH HÖRE DICH SO SCHLECHT!
HÄ?
WAS? ICH VERSTEH DICH NICHT...
EIN JO-HOB !!!
VERBEUG
VERBEUG
PARDON ...
VER-ZEI-HUNG!

* koreanische Spezialität

* Japanisch 9 = kyuu = Q

BEI DEREN PARTYLINE HÄUFEN SICH ZWISCHENFÄLLE.
WAS IST EINE PARTYLINE?
DAS WEISST DU NICHT, SEI-CHAN?
ICH BIN UNTRÖSTLICH OB MEINER UNWISSENHEIT.
ES IST EINS DER »DIAL Q^2«-SYSTEME.

WEIL DIE ERSTEN VIER ZIFFERN »0990« LAUTEN, ALSO ZWEI »9EN« DARIN VORKOMMEN...
... HEISST ES »Q^2«.
BEI DER PARTYLINE KÖNNEN BIS ZU ZEHN PERSONEN GLEICHZEITIG MITEINANDER SPRECHEN.
EINE ART KAFFEEKLATSCH AM TELEFON.
WENN MAN SO EINE NUMMER WÄHLT...
... KANN MAN MIT VIELEN LEUTEN PLAUDERN.

KLINGT SPANNEND.
ABER VORSICHT!
BEI Q^2 GIBT ES EINEN BÖSEN HAKEN.
DIE GEBÜHREN SIND SEHR HOCH!
HOPP
14 BIS 18 SEKUNDEN KOSTEN ETWA ZEHN YEN.
OFT WERDEN SOLCHE PARTYS ZU DAUERTELEFONATEN… DANN FLATTERN…
… FÜNFSTELLIGE RECHNUNGEN INS HAUS, WAS RIESENSTRESS MIT DEN ELTERN GIBT.
HAMM
DU KENNST DICH JA AUS, HOKUTO-CHAN!
DAS SOLLTE MAN SCHON WISSEN.
ICH BIN SCHLIESSLICH WASSERMANN.
A-PROPOS…
… SUBARU-KUN UND ICH HABEN EIN PARTNER-HOROSKOP ERSTELLEN LASSEN.

UND WAS KAM HERAUS?
ICH HAB'S MIR NOCH NICHT ANGESEHEN... HIER!
ZEIG MAL...
RASCHEL
NANU? DU BIST AM 1. APRIL GEBOREN, STERNZEICHEN WIDDER?
DAS STERNZEICHEN WEISS ICH NICHT, ABER 1. APRIL STIMMT.
HMMM.
IST WAS?

DU WIRKST NICHT WIE EIN WIDDER, WEISST DU.
TATSÄCHLICH?
JA, DU HAST MEHR VON...
... DEN WASSERZEICHEN.
DEN WASSERZEICHEN?
SKORPION ODER ...
... FISCHE ODER SO.
DU KENNST DICH JA AUS, HOKUTO-CHAN!
ES GIBT DOCH KEINE ZEITUNG MEHR OHNE STERNZEICHENHOROSKOP.
OKKULTISMUS BOOMT!
WEGEN DER JAHRTAUSENDWENDE.

ES GIBT EINEN RIESENLÄRM UM DAS EN- DE DER WELT.
DENK DOCH AN DIE GROSSE PROPHEZEIUNG DES NOSTRADAMUS ODER AN DIE BIBEL! ANGEBLICH GEHT 1999 DIE WELT UNTER.
WAS HAT DIE JAHR- TAUSEND- WENDE DAMIT ZU TUN?
ZUM WELT- UNTER- GANG?
WAS MEINST DU DAZU, HOKUTO- CHAN?
DAS ENDE DER WELT, AHA.
VIEL MEHR ALS DIE WELTLAGE IN ACHT JAHREN BESCHÄFTIGT MICH DER SCHLUSSVER- KAUF IN DREI TAGEN.
HAHAHA, KLAR!

AHA AHA
ÜBRIGENS, WAS IST MIT DEM JOB?
J...JA, ES KOMMT IM GANZEN LAND ZU TELEFONISCHEN BELÄSTIGUNGEN.
TELEFON-TERROR? ICH BE-KOMME AUCH OFT SOLCHE ANRUFE.
»WAS TUN SIE GERADE, JUNGE FRAU?« ODER »WELCHE FARBE HAT IHR SLIP?«, MIT ATEMLOSER STIMME.
KOMMT DER ANRUFER VIELLEICHT GERADE VOM MARATHON?
NUN, DA ICH KEINE JUNGE FRAU BIN, MUSS ICH SEINE ER-WARTUNGEN ENTTÄUSCHEN.
MIAAAU MIAAAU
WAFF WAFF
KLÄFF KLÄFF
KIKERIKI!
ZUM TROST LASSE ICH IHN... DIE STIMMEN MEINER PATIENTEN HÖREN!

WOZU WILL ER DIE FARBE VOM SLIP WISSEN?
VIELLEICHT GIBT IHM DAS NEUEN LEBENSMUT?
SMILE
UND, WAS IST MIT DEN TELEFO- NISCHEN BELÄSTI- GUNGEN ?
OFFENBAR HÄUFEN SICH SEIT DREI MONATEN SOLCHE ANRUFE BEI TELEFON- NUMMERN, BEI DENEN DIE LETZTEN VIER STELLEN »19[redacted]9« LAUTEN.
UND ES SIND NICHT NUR BELÄS- TIGUNGEN, SONDERN…
… ES SCHEINT ZAUBEREI IM SPIEL ZU SEIN.

ZUNÄCHST SAH ES NUR WIE TELEFONTERROR AUS, DOCH BEI DEN BETROFFENEN...
... GAB ES DANACH STÖRENDE SPIRITUELLE EINFLÜSSE.
DANN FAND MAN BEI NTT HERAUS, DASS AUS EINER PARTYLINE DES »DIAL Q^2«-SYSTEMS AUF DIE LEITUNGEN ZUGEGRIFFEN WORDEN WAR.
ALSO KANN MAN NICHT HERAUSFINDEN, WER DAHINTER STECKT, DA JEDER DIESES SYSTEM BENUTZEN KANN.
JA, UND SO HAT DIE NTT SICH AN DIE SUMERAGI GEWANDT.
WELCHE ART ZAUBEREI IST ES DENN?

TJA, DA FLIESSEN WOHL DIE UNTER-SCHIED-LICHSTEN MAGIEN MIT EIN.
DER ISLAM, DIE KABBALA, ESOTERI-SCHER BUDDHIS-MUS...
... ALLES DURCHEI-NANDER.
SO EINE AUSWAHL!
ABER WER SO VIELE ZAUBER AN-WENDEN KANN...
... MUSS EIN GROSSER MAGIER SEIN, ALSO...
... WIE SOLL ICH ES HERAUS-FINDEN ?
HE, SEISHIRO-CHAN, IST DIESES HOROSKOP ÜBERHAUPT RICHTIG?
BEI DIR STIMMT GAR NICHTS, WEDER DER CHARAKTER NOCH SONST WAS!
AUSSERDEM IST HIERNACH DIE VERBINDUNG ZWISCHEN DIR UND SUBARU EINE KATASTROPHE!
TSCHUPP
THE DEVIL

SEHR GUT!
SO EINEN SCHWAGER WILL ICH!
BANG
JE MEHR SIE KÄMPFEN MUSS, DESTO HEISSER BRENNT DIE LIEBE.
HOKUTO-CHAN!
ACH, SUBARU-KUN...
... KENNST DU DIE NUMMER DIESER PARTYLINE?
ÄH... JA, SCHON ...
DANN IST ES EINFACH.
DU BRAUCHST NUR DIESE NUMMER ZU WÄHLEN!
0990 - XX - XXXX

IM JAHR 1999 GEHT DIE WELT UNTER.
WIR MÜSSEN UNSERER AUFGABE...
... GE-RECHT WERDEN.
ICH HATTE EINEN TRAUM.
WAS FÜR EINEN TRAUM?
VOM ENDE DER WELT. DER DÄMON IST ERWACHT.

DER DÄMON UND SEINE GEFÄHRTEN WOLLEN UNS KRIEGE-RINNEN...
... TÖTEN!
BERUHIGE DICH. WIE GING DER TRAUM WEITER?
SCHON? DAS IST ZU FRÜH!
KLICKER
WIR MÜSSEN UNS BEEILEN.
JA. WIR MÜSSEN UNSERE GEFÄHRTEN FINDEN, DIE IM FRÜHEREN LEBEN MIT UNS GEMEINSAM GEKÄMPFT HABEN.
KÖNNEN WIR DIE DÄMONEN BESIEGEN?
PLOFF
WIR MÜSSEN SIE SUCHEN.

KEINE SORGE. WIR SIND AUSERWÄHLT.
WIR HABEN BESONDERE KRÄFTE.
SIE SIND NOCH NICHT ERWACHT, ABER…
… IRGENDWANN WIRD JEMAND ZU UNS SAGEN…
»DU BIST ANDERS.«
»DU BIST AUSERWÄHLT.«

HEUTE HABE ICH WIEDER EINEN ZERSTÖRT.
MIT WELCHEM TRICK?
DIE ALTE MAGIE DES HINDUISMUS. ICH HABE IN DER BIBLIOTHEK EIN BUCH DARÜBER GEFUNDEN.
DASS DU DAS BUCH GEFUNDEN HAST, IST SCHICKSAL.
EIN VER-SPRECHEN AUS UNSEREM FRÜHEREN LEBEN.
WERDEN DIE FEINDE UNS NICHT ENT-DECKEN?
DIE STÜTZ-PUNKTE SIND DORT, WO DIE LETZTEN VIER STELLEN DER TELE-FONNUMMER »19■9« LAUTEN.
BLÄTTER
MEINE VORAUS-SAGE TRIFFT ZU!
DER TAG DER VERABREDUNG KOMMT.
DER TAG DES KAMPFES ZWISCHEN UNS UND DEN DÄ-MONEN.
BIS DAHIN MÜSSEN WIR DIE STÜTZ-PUNKTE DER FEINDE ZER-STÖREN.
Gelbe Seiten TOKYO
Gelbe Seiten TOKYO

KEINE ANGST! WIR HABEN DOCH BANNKREISE! HABT IHR DAS AMULETT ANGEKLEBT...
... SO WIE ICH ES GESAGT HABE?
JA, KLAR!
UND SCHLIESSLICH LAUFEN UNSRE AN-RUFE ALLE ÜBER »DIAL Q^2«...
UND WIR HABEN GLÜCK GEHABT...
... DASS WIR GEFÄHRTEN GETROFFEN HABEN.
WIRKLICH! OHNE DIESE PARTYLINE HÄTTEN WIR UNS NIE GEFUNDEN.
ICH WUSSTE ZWAR VON MEINEN GEHEIMEN KRÄFTEN, ABER NICHT, DASS ICH GEFÄHRTEN HABE!

ICH DACHTE IMMER, DASS ICH ANDERS BIN.
DASS ICH IM FRÜHEREN LEBEN EIN KRIEGER WAR UND WIEDER FÜR DIE WELT WÜRDE KÄMPFEN MÜSSEN.
WEIL ICH WUSSTE, DASS ICH GEFÄHRTEN HABE, DACHTE ICH MIR, DASS ICH EUCH BEI EINER PARTY-LINE TREFFEN KÖNNTE.
ALLES IST SCHICKSAL. DASS WIR MIT GEHEIMEN KRÄFTEN GEBOREN WURDEN...
... UND DASS WIR UNS KENNEN GELERNT HABEN.
ICH MÖCHTE EUCH BALD TREFFEN!
NOCH NICHT.
JETZT KÖNNEN WIR NUR MITEINANDER TELEFONIEREN, DOCH SOBALD UNS DER AUFTRAG ERTEILT WIRD...

DINGDONG
JEMAND HAT SICH EINGE-SCHAL-TET!
EIN FEIND? ODER EIN GEFÄHRTE?
WIR MÜSSEN VORSICHTIG SEIN!

DING DONG DING DONG
JA?
ÄHEM, VERZEIHEN SIE DIE STÖRUNG!
WIESO IST ER SO NERVÖS?
SUBARU-KUN IST SCHÜCHTERN, DESHALB.
WIE HEISST DU?
KRITZEL KRITZEL
ZAPP
SAG DEINEN RICHTIGEN NAMEN NICHT! DIE MEISTEN BENUTZEN EIN ALIAS!

ZAPP
DEIN NAME?
ÄH... ALSO, ICH...
WIE WÄR´S MIT PÜNKTCHEN?
I...ICH HEISSE PÜNKTCHEN.

HE, SEI-CHAN!
SO EIN ABARTIGER NAME!
IST DOCH SÜSS! PÜNKTCHEN...
ES HÄTTE DOCH AUCH ATSUSHI SAKURAI SEIN KÖNNEN!
BIST DU EINER VON UNS?
WAS?
HAST DU GEHEIME KRÄFTE?

GEHEIME KRÄFTE?
WAS DENKST DU, WENN DU »1999« HÖRST?

MACHT IHR ETWA DEN TELEFON-TERROR?!
EIN FEIND!
KNARR
WACK
ER IST EIN FEIND!

BRZZZ
BRITZEL
FFFT
GO
GO
GO
GO
GO
IST DAS EIN...
BRZZZ
... PARA-MANTRA?!

GROOOOOOOO
SU... SUBARU!
SCHT
GO GO GO GO
SSSUOOOO
OMM SOWA-HANBA SHUDA SARABA
OMM TATAGYATO DOHAN-BAYA
OMM HANDOBO DOHAN-BAYA
OMM BAZORO DOHAN-BAYA SOWAKA
SSCHT
WACK

OMM BASARA-GINI SOWAKA
SLRRRR
OMM BARO-DAYA...
SCHT
PLADDER
SOWAKA...

OMM BOKU KEN

BASCH
SCH SCH SCH SCH SCH
PT
TUUUUT
TUUUT TUUUT
BATSCH
PUH...
TUUUT TUUUT
SCH SCH
ZACK
WA... WAS BEDEU-TET DAS?
AAH!
PATSCHNASS

DAS WAR EIN PARA-MANTRA.
PARA-MANTRA?
EIGENTLICH EIN BUDDHISTISCHES SCHUTZMANTRA, DOCH...
... WENN MAN ES ANDERS HERUM LIEST, WIRD ES ZUM FLUCH.
OBWOHL ES NUR AM TELEFON GESPROCHEN WURDE?
UND DEIN ZIMMER IST MIT EINEM BANNKREIS GESCHÜTZT!
EIN BANNKREIS IST BEIM TELEFON WIRKUNGSLOS.
WARUM?

DURCH EINE TELEFON-VERBINDUNG SIND DIE RÄUME AUCH SPIRITUELL VERBUNDEN.
DIE DISTANZ ZWISCHEN IHNEN IST AUFGEHOBEN.
DER BANN-KREIS IST EINEM ELEKTRO-GERÄT UNTERLEGEN! IRRE...
ES WAREN MÄD-CHEN-STIM-MEN, ODER?
OB DIESE MÄDCHEN DIE URHEBER DES TELEFON-TERRORS SIND?
UNGEFÄHR SO WIE MEINE!
KANN GUT SEIN.

WER SO GELÄUFIG EIN PARAMANTRA SPRECHEN KANN, SCHMEISST SICHER AUCH MIT ISLAMI-SCHEN MUDRAS UND BIBELVERSEN UM SICH!
HOPP
WENN SIE YIN-YANG-MEISTER SIND, MÜSSTEN SIE BEI DEN SUMERAGI REGISTRIERT SEIN...
DAS IST DIE FRAGE...
WÜRDEN YIN-YANG-MEISTER SO MIT RELIGIÖSER MAGIE UMGEHEN?
AUCH DU KENNST DOCH BESCHWÖRUNGEN DER WEISSEN UND DER SCHWARZEN MAGIE, DIE DU NICHT EINSETZT, STIMMT'S?

WIESO?
WEIL ES TABU IST.
MIT MAGIE SOLLTE MAN ACHTSAM UMGEHEN.
STIMMT
ALLEIN FÜR EINE ART VON MAGIE BEDARF ES ENORMER ÜBUNG...
... UND BEGABUNG.

DARÜBER HINAUS WIRD ENTSPRECHEND DER KRAFT DER MAGIE...
... FALLS SIE MISSLINGT, AUCH DAS AUSMASS DER VERGELTUNG UNERMESS-LICH.
PROFIS KENNEN DIESES RISIKO.
DESHALB WÜRDEN SIE NIE DAS TABU VERLETZEN.

DU KENNST DICH JA AUS, SEISHIRO-CHAN!
NUN... SAG SCHON ...
... HAST DU WAS MIT DIESER KILLER-ORGANISATION SAKURAZUKA-MORI ZU TUN?!
ÄHEM, ICH MACH UNS TEE.
BUH BUH!
DU WEICHST AUS, WEIL ES STIMMT, ODER?!
MIT ANDEREN WORTEN ...
... DIESE MÄDCHEN ...
... SIND VERMUTLICH LAIEN.

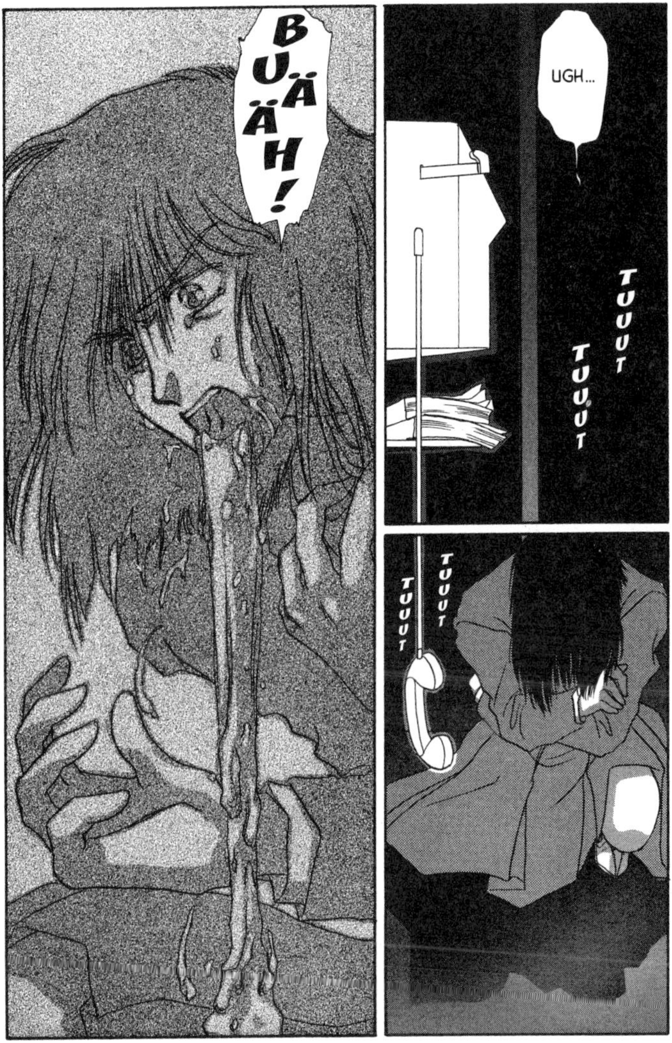
UGH...
TUUUT
TUUUT
TUUUT
TUUUT
BUÄÄH!

SLLLP
PFF!
PFF!
UÄRKS!
RÖCHEL
TUUUT
TUUUT
BLA BLA
DU, ALLES OKAY?
UGH...

A...ALLES IN ORD-NUNG.
GHUOOOO
UOOOOOOH
RÖCHEL
CH
CH
WAS IST LOS?!
DIESES FURCHT-BARE GE-RÄUSCH!
WUPP

ES IST NICHTS!
HAST DU SCHON WIEDER TELEFO-NIERT?
ÜBER-TREIB'S NICHT!
IST JA GUT!
ER IST EIN FEIND!

EIN FEIND IST ERSCHIENEN!
DER FEIND HAT ANGEGRIFFEN!
WIR MÜSSEN IHN ERLEDIGEN!
WIR SIND ANDERS!

VIELLEICHT SPIELEN SIE NUR ZUM SPASS MIT MAGIE...
GLUCK GLUCK GLUCK
SUBARU-KUN HAT EINEN GEGENFLUCH ANGEWANDT, RICHTIG?
SSSS
WENN MAN VORBEREITET IST, GEHT ES NOCH, SONST...
GIBT ES SPLATTER?
DAS KANN NICHT ...!

ICH HABE MAGIE ZURÜCK-GESCHICKT, ABER KEINEN FLUCH...
... DAS NICHT!
NUN JA...
ES WAR SICHER NICHT SCHÖN, ALLES ZU ER-BRECHEN ...
UIIII!
MAN WEISS JA NICHT, VON WO AUS SIE TELEFONIERT HABEN.
WO-MÖGLICH IN DER ÖFFENT-LICHKEIT... PEINLICH! NIEMAND WIRD SIE JE HEIRATEN!

ICH WAR SELBST ÜBER-RUMPELT ...
ICH KONNTE KEINE RÜCKSICHT NEHMEN.
KONK
IST NICHT DEINE SCHULD.
WAS DU NICHT WILLST, DAS MAN DIR TU, DAS...
GEKNICKT
... FÜG AUCH KEINEM ANDERN ZU!
ICH MUSS SIE STOPPEN !!
RAPPS
SUBARU ?

WENN DIESE MÄDCHEN SO WEITERMACHEN, WERDEN SIE NOCH...!
VOL.3 CALL.A ENDE

TOKYO
BABYLON
A SAVE FOR TOKYO CITY STORY

TOKYO BABYLON

A SAVE FOR TOKYO CITY STORY

STARRING: Subaru Sumeragi, Hokuto Sumeragi, Seishiro Sakurazuka

AND INHABITANT IN TOKYO

VOL. 3

CALL.B

MADE IN JAPAN 1992
TOKYO BABYLON

2

PLANNING AND PRESENTED BY CLAMP 1992 JAPAN

ICH WILL

°

NICHT

°

IGNORIERT

°

WERDEN

HUCH
ZUCK
DRRING
DRRING
RI
KLACK
STIRB

SCH
STIRB
DROP
SCH
STIRB
SCH
SCH
NEIIIN!
SCH SCH SCH SCH
AA-
AAA-
AAH!
RAPPS
WACK
RAPPS

SCHRECK
DAS WAR DER FEIND!
WIR DÜRFEN UNS NICHT UNTERKRIEGEN LASSEN!
WIR SIND KRIEGER!
WIR SIND ANDERS!
TOKYO BABYLON
A SAVE FOR TOKYO CITY STORY
VOL.3 CALL.B

SIEHT JA RICHTIG ECHT AUS!
SUBARU IST EIN PROFI, AUCH WENN MAN'S IHM NICHT ANSIEHT.
WAS HAST DU VOR, SUBARU-KUN?
ICH MUSS DIE ADRESSEN DER MÄDCHEN HERAUSFINDEN.
DIE VON »DIAL Q²«?
GENAU.
WENN DIESE MÄDCHEN WEITER MAGIE ANWENDEN...
ICH MUSS SIE STOPPEN.

DU BIST SEHR LIEB, SUBARU-KUN.
DA... DARUM GEHT ES DOCH GAR...
WAS SOLL DAS GE-TUSCHEL ?!
ICH WILL NICHTS VER-PASSEN!
ICH MUSS DICH LOBEN!
HOKUTO-CHAN!
PONG
UND, SUBARU-KUN, WIE SIEHT'S MIT ESSEN AUS?
WIR KONNTEN JA NICHT INS AFTER-NOON TEA, UND...
... VORHIN HAST DU NUR EIN PAAR MUFFINS GEGESSEN.
SUBARU ISST NIE VOR DER ARBEIT. ER IST SO EIN FLEISSIGER JUNGE!

EINEN TAG VOR DEM JOB ISST ER KEIN FLEISCH MEHR, UND MORGENS BADET ER KALT!
SOMMER WIE WINTER.
MEINST DU DIE RITUELLE WA-SCHUNG?
KALTES BAD KLINGT SPASSI-GER, ODER?
DAS IST FÜR JEDEN MAGIER SELBSTVER-STÄNDLICH.
ICH BIN NICHT BESON-DERS...
EINE VORBILD-LICHE EINSTEL-LUNG!
GELL?
NEIN... DAS IST DOCH ...
SCHLIESSLICH VERDIENE ICH DAMIT MEIN GELD.

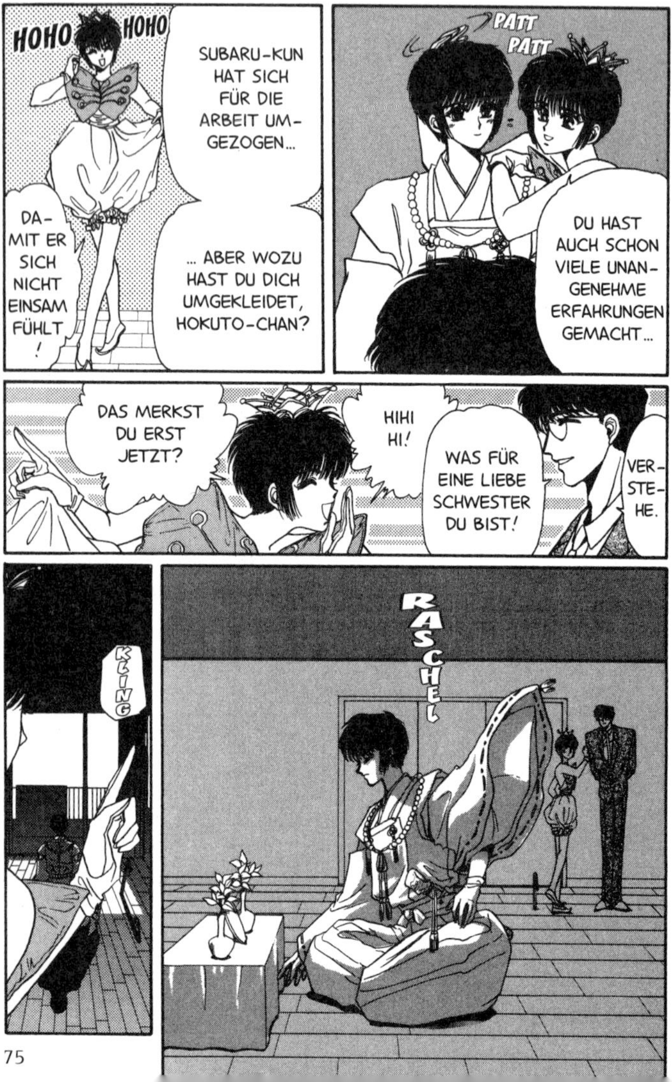
PATT
PATT
DU HAST AUCH SCHON VIELE UNAN-GENEHME ERFAHRUNGEN GEMACHT...
HOHO HOHO
SUBARU-KUN HAT SICH FÜR DIE ARBEIT UM-GEZOGEN...
... ABER WOZU HAST DU DICH UMGEKLEIDET, HOKUTO-CHAN?
DA-MIT ER SICH NICHT EINSAM FÜHLT!
VER-STE-HE.
WAS FÜR EINE LIEBE SCHWESTER DU BIST!
HIHI HI!
DAS MERKST DU ERST JETZT?
RASCHEL
KLING

SHUKU
DO
SSST
SHO!
BRZZ
BRZZ
KRACKS
POFF

* siehe »X«, Band 2, S.118

UND WAS IST DEIN SHIKIGAMI?
TJA, HAUS-TIERE GLEICHEN IHREN BE-SITZERN!
DA DIE SHIKIGAMI IHREM MAGIER DIENEN...
... KÖNNTE MAN SIE ALS HAUSTIERE BEZEICHNEN.
WOHIN IST SUBARU-KUNS SHIKIGAMI WOHL GEFLOGEN?
DU WEICHST WIEDER AUS!

WACK
FLAPP
FLAPP
SCHRECK
SSSSSS
FLATTER
FLATTER
FLATTER

KU RU RU RU!
FLATTER
DU HAST DASSELBE GETRÄUMT?
FLAPP
UND DU?
...
JA.

HAST DU EINE VISION GEHABT?
ZITTER ZITTER
NEIN! KEINE VISION!
DAS WAR EIN ANGRIFF!
AUCH UNSER TRAUM?
SICHER. DIE FEINDE FÜRCHTEN UNSERE KRÄFTE.
DU HAST RECHT!
DESHALB SCHICKEN SIE UNS SOLCHE TRÄUME, UM UNS ZU VER-WIRREN.
...
SO UNGEHEUER SIND UNSERE KRÄFTE!

ES LEUCH-TET?!
MEINS AUCH!
POFF
DAS AMU-LETT?!
AAAH!
RUMPEL
RUMPEL
ZITTER
BIBBER

SSSSS
KRACKS
KRICKS
RATTER
KLIRR
HUOOOOOOOOOO
HIIIIIII
...!

WAS IST LOS, SUBARU?
SLRR
DSST
RIN PYO TO SHA
KAI CHIN
RETSU
WOMM

PAAH
SCHSCHSCH
PITSCH
ZAI
ZEN
PITSCH
KREISCH
FLAPP
RAUSCH SCH SCH
AAH!
WAMM!

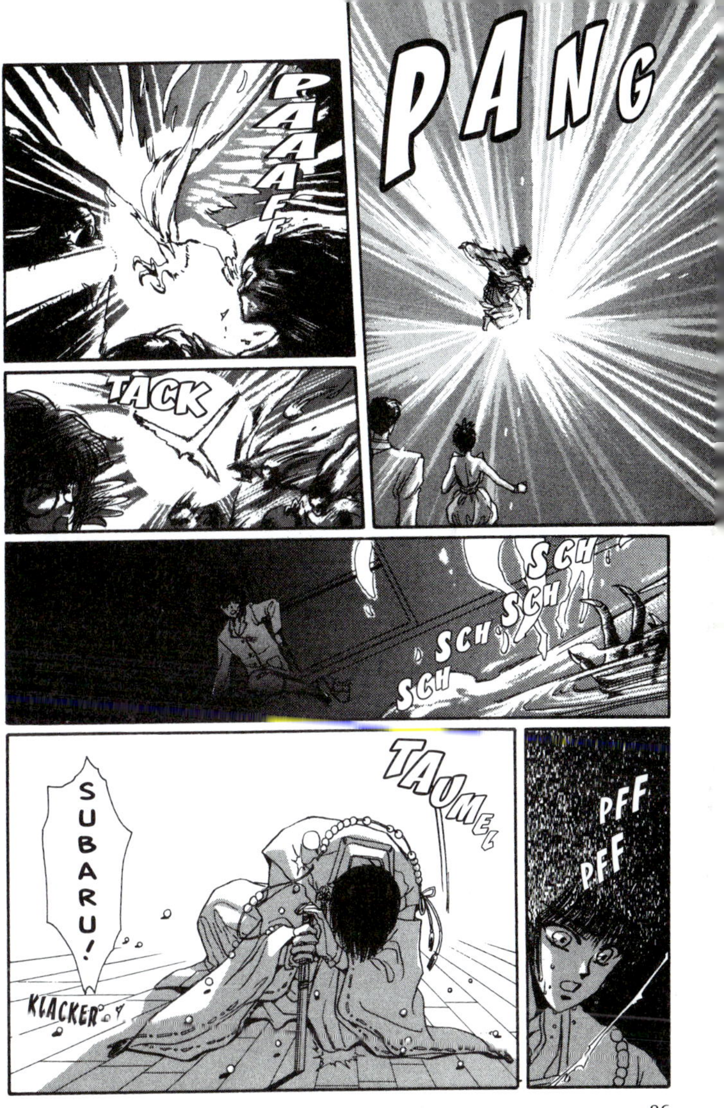
PANG
PAAAFF
TACK
SCH SCH SCH SCH SCH
PFF PFF
TAUMEL
SUBARU!
KLACKER

PUH
KLICK
ALLES IN ORDNUNG, HOKUTO-CHAN.
DU HAST PLÖTZLICH DIE MAGIE GEWECHSELT...
WAS IST GESCHEHEN?
SCHWANK SCHWANK
KULLER KULLER
SEUFZ BAUZ
PUH!
HAST DU HERAUSGEFUNDEN, WO SIE WOHNEN?
JA, HABE ICH.
ES WAREN DREI, DIE ANGERUFEN HABEN.
IN ASAGAYA UND HACHIOJI UND... MISATO...
WAR ES SO ANSTRENGEND?
ICH HABE SIE SCHNELL GEFUNDEN.
ABER UM IHRE ZIMMER SIND BANNKREISE AUFGESPANNT.

NUR SIND DIESE BANN-KREISE NICHT AUSREI-CHEND.
ALS ICH MEINE SHIKIGAMI ZURÜCK-HOLEN WOLLTE...
... SIND DIE MÄDCHEN GERADE FÜR IHRE STREICHE BESTRAFT WORDEN.
BE-STRAFT?
DIE PARA-FLAUTE.
BEI JEG-LICHER MAGIE ...
... WIRD ENTSPRE-CHEND IHRER STÄRKE...
... AUCH DIE GEGEN-REAKTION GIGAN-TISCH.
SELBST WENN DIE MAGIE NICHT ZU-RÜCKGE-SCHICKT WIRD...
... FÄLLT IHR KARMA AUF DEN MAGIER ZURÜCK. DAS IST DIE PARA-FLAUTE.
PROFIS SCHÜTZEN SICH GEGEN DIE PARA-FLAUTE. DU SICHER AUCH, SUBARU-KUN.

DIESE MÄDCHEN JEDOCH VERWENDEN MAGIE, OHNE DAVON ZU WISSEN.
UND ZWAR RELATIV STARKE MAGIE. DA IST DIE VERGELTUNG FÜRCHTERLICH.
ALS ICH DIE SHIKIGAMI ZURÜCKHOLEN WOLLTE, GERIET DIE ENERGIE BEI DEN MÄDCHEN IN AUFRUHR.
OFFENBAR HATTEN SIE VERSCHIEDENE BÖSE GEISTER IN IHRER UMGEBUNG ERWECKT.
UND DA BIST DU GEWALTSAM IN DIE BANNKREISE DER MÄDCHEN EINGEDRUNGEN?
JA.
DU MACHST JA SACHEN!
LÄSST DEINE SHIKIGAMI BANNKREISE DURCHBRECHEN...
BEI EINEM MISSERFOLG WÄRST DU SELBST IN GEFAHR GEWESEN!
ABER ICH WAR ZEUGE VON SPIRITUELLEN STÖRUNGEN BEI DEN MÄDCHEN. HÄTTE ICH NICHTS UNTERNOMMEN, WÄREN IHRE SEELEN...

...
WAS IST DENN, SEI-CHAN?
TOTOTO
WAS DENKST DU?
ETWAS UNAN-STÄN-DIGES!
HACH, SEI-CHAN, WIE EHRLICH DU BIST!
PLUMPS
ICH DACHTE, ICH SOLLTE SUBARU-KUNS ERSCHÖPFUNG NUTZEN UND MICH AN IHN HERANMACHEN.
SEI-CHAN, DU WILLST JA RICHTIG HOCH HINAUS!
BLATSCH

WIE LANGE TELEFONIERST DU DA ?!
DENK AN UNSERE TELEFONRECHNUNG!
GLAUB NICHT, DASS VATER NUR FÜR DEINE TELEFONKOSTEN ARBEITEN GEHT!
ALSO ...
WENN DU FÜR DIE SCHULE SO...
GESTERN... WAS WAR DAS... ICH HAB ANGST...
ICH HAB SOLCHE ANGST...
DIING
DOOOONG
DAAAANG
DOOOONG
BLA BLA
KRACH
HA HA HA
ISST DU NICHT ZU MITTAG?
NEIN, ICH MÖCHTE NICHTS.
ÜBERSINNLICHE KRÄFTE EINFÜHRUNG

ERRÖT
DU ISST JA GAR NICHT MEHR!
MACHST DU DIÄT?
LASS MICH IN RUHE!!
ICH MUSS VOM ESSENSGELD TELEFONKARTEN KAUFEN, ICH KANN DAHEIM NICHT MEHR TELEFONIEREN...
... NUR WEIL DIE TELEFONRECHNUNG ÜBER 10.000 YEN WAR.
KNÜLL
WIR KRIE-GERINNEN MÜSSEN DIE ERDE RETTEN!
WIR SIND ANDERS ALS ALL DIE NORMALEN MÄDCHEN DA!

WO VER-STECKT SICH DER FEIND?
ALSO IST HIER ...
WANN RUFT UNS DIE STIMME?
MATHE 1
SIE MUSS WISSEN, DASS WIR ANGE-GRIFFEN WURDEN.
ES IST SICHER BALD SO WEIT!
WENN DAS ENDE DER WELT KOMMT, WERDEN WIR ÜBERLEBEN, SO WIE ICH ES IN MEINEM ROMAN SCHREIBE.
DANN ERWACHEN UNSERE GEHEIMEN KRÄFTE UND WIR KÄMPFEN GEGEN DIE FEINDE DER ERDE!
WIR SIND AUSERWÄHLT! WIR SIND ANDERS!
POCH
POCH
HE HE!

SCHRECK
ÄH... JA!
SSST
FLATTER
FLATTER
DU SCHREIBST SCHON WIEDER UNFUG WÄHREND DES UNTERRICHTS!
KICHER KICHER
KICHER
KICHER
pound
ICH BIN ANDERS!

DING DOOOONG
ICH KOMME!
WENN DU NICHT SCHLÄFST, ZIEHE ICH LOS UND BEGEHE UNTER DEINEM NAMEN DIE SCHLIMMSTEN SACHEN!
JA?
HALLO, SEI-CHAN!
IST SUBARU-KUNS FIEBER GEFALLEN?
ER HAT IMMER NOCH 38 GRAD!
WARTE, ICH MACH DIE TÜR AUF!
DING DOOONG
BIN SCHON DA!
TRAPPEL TRAPPEL
ICH WOLLTE IHN BESUCHEN ...
... STÖRE ICH AUCH NICHT?
ER WILL SCHON WIEDER AUFSTEHEN.

BITTE!
JUHUUU, SCHOKO-KUCHEN VON TOPS!
SUBARU IST IM BETT. ICH MACH UNS TEE...
... GEH SCHON MAL VOR!
OKAY.
POCH POCH
JA, BITTE.
WIE GEHT ES DIR?
BESSER. ICH WAR NUR ÜBERMÜDET.
ICH HÄTTE DICH NICHT NACH DER ARBEIT NACH IKEBUKURO HOLEN DÜRFEN!

ICH WAR DOCH NICHT DESWEGEN ERSCHÖPFT!
ES HAT MIR SPASS GEMACHT.
ICH BIN FROH, DASS DU DAS SAGST.
SEI-CHAN, SAG DU'S IHM AUCH NOCH MAL!
WORUM GEHT'S DENN?
SUBARU WILL NOCH MAL DIESE Q^2-NUMMER ANRUFEN!
BEI Q^2?
WENN ICH SIE NICHT AUFHALTE... PASSIERT ETWAS SCHRECKLICHES.

SO HEFTIGE SPIRITUELLE STÖRUNGEN...
... SIND GEFÄHR-LICH.
SUBARU!
HOKUTO-CHAN, ES IST MEIN JOB!
ICH WERDE DAFÜR BEZAHLT ...
... DASS ICH DIESE ARBEIT MACHE.
UND ICH MÖCHTE ...
... MEINE ARBEIT GUT MACHEN!
SUBARU ...
GRINS
DU BIST EBEN EIN PROFI!
ALLES KLAR, KOMM HER UND...
... TU WAS FÜR DEIN GELD!

DARF ICH DABEI BLEIBEN ?
ABER ICH BIN DIESMAL NICHT SO FIT.
ICH WEISS NICHT, WAS...
ICH STÖRE NICHT.
AUSSERDEM VERTRAUE ICH AUF DICH.
WIE KORREKT, SICH UMZU-KLEIDEN!

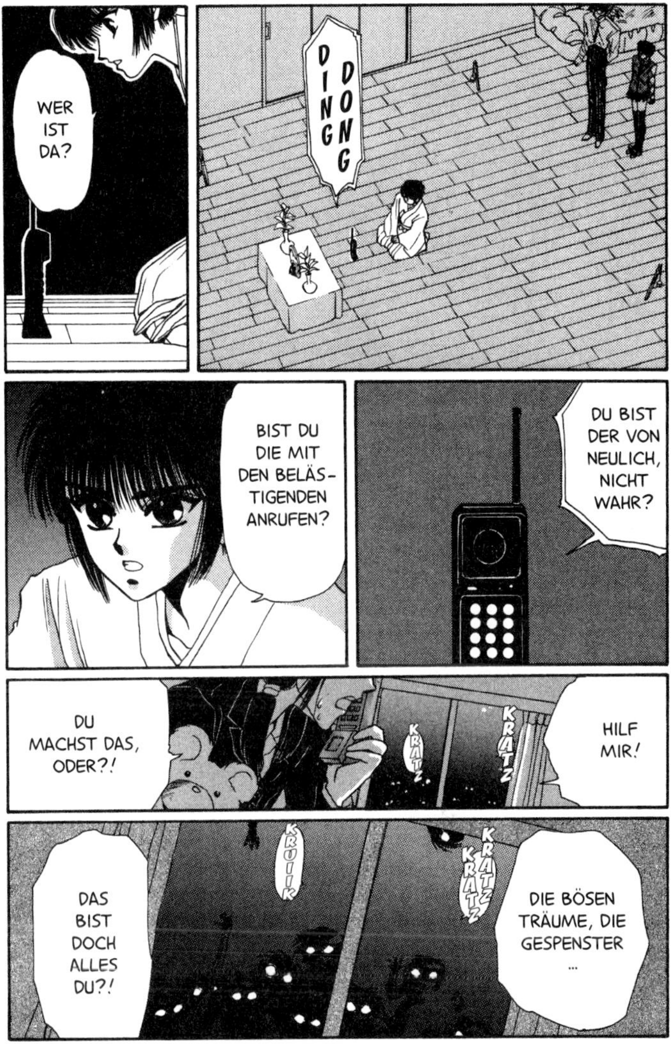
DING DONG
WER IST DA?
DU BIST DER VON NEULICH, NICHT WAHR?
BIST DU DIE MIT DEN BELÄS-TIGENDEN ANRUFEN?
HILF MIR!
KRATZ
KRATZ
DU MACHST DAS, ODER?!
DIE BÖSEN TRÄUME, DIE GESPENSTER ...
KRATZ
KRATZ
KRUIIK
DAS BIST DOCH ALLES DU?!

ICH HABE ALLES VERSUCHT, UM SIE ZU VERTREIBEN, ABER SIE GEHEN NICHT!
ICH BIN DAS NICHT.
DU LÜGST DOCH!
BERUHIGE DICH.
DU WIRST KEINE BÖSEN TRÄUME MEHR HABEN...
... NOCH WERDEN DIE GESPENSTER WIEDERKOMMEN.
WIRKLICH?
JA.
WER BIST DU?
BIST DU AUCH EIN KRIEGER?
NEIN.

GE-HÖRST DU ZU UNS?
NEIN.
BIST DU ANDERS ?
NEIN.
JA, ABER WARUM ...
IST IN DEINEM ZIMMER EIN AMULETT ANGEKLEBT?
JA.
REISS ES AB!

ABER DANN...!
DEIN AMULETT IST FEHLERHAFT.
HÄ?!
SOWOHL DIE AUS-RICHTUNG ALS AUCH DIE SCHREIB-WEISE...
DU HAST ES VERMUTLICH AUS EINEM BUCH, UND DER FEHLER WAR SCHON DARIN.
DAS IST DIE ERSTE URSACHE.
ICH KANN ES WIRKLICH ABREISSEN?
JA.

GANZ EHRLICH ?!
ICH SCHWÖRE ES.
RITSCH
RITSCH
NOU-BOU ARAD-ANNOU TA-RAYA

NOU-MAKU-ARIYA MIT-AB-AYA
TOTOTO
TATA-GYATAYA ARAKATEI SANMY-AKU
SCHEINT GUT ZU LAUFEN, WAS?
HIER SEHEN WIR BESSER!
HOF-FENT-LICH...
OMM
AMI-RI-TEI
SCHRECK
DING-DONG DING-DONG
AMI-RITA DO-HAN-BEI
WAS IST LOS?!
AMIRITA
WAS IST DAS FÜR EINE BESCHWÖ-RUNG?

SANBABE!
SCH SCH SCH
GI...
ER VERTREIBT DIE GESPENSTER.
WIE BITTE?! ER IST EIN FEIND!
ER SAGT, UNSERE AMULETTE SIND FALSCH!
DAHER KOMMEN DIE BÖSEN TRÄUME!
ERRÖT
DU HAST UNS VERRATEN!
VERRÄTERIN!
DAS IST NICHT WAHR!

不垢不浄無
受相行識無
BLÄTTER
眼耳鼻舌身意
無色聲香味觸
法無限界乃至
明盡乃至無老死
亦無老死盡無苦
SARAB-AARATA SADA-NEI
PITSCH
PATSCH
SCHT
SARAB-AKYARA KISHOU-GYAR EI
FFFT
WAMM

AAAA-
AAH!
HIIIIII
ZUOOOOOO
WIESO SCHICKST DU DIE MAGIE NICHT ZURÜCK ?!
BATSCH
SUBARU!
TAUMEL

SUBARU-KUN HAT BEI EINER MIT DER GEISTERAUSTREIBUNG BEGONNEN.
WENN ER JETZT AUFHÖRT, IST DAS MÄDCHEN, DAS SEIN AMULETT ZERRISSEN HAT, IN GEFAHR.
ABER DIE RESTLICHEN BEIDEN HABEN MAGIE...
OB DER EILIG AUFGESPANNTE BANNKREIS HÄLT?
BRITZEL
NNNN
SUBARU!
...!

* »Sichel-Wiesel«, bei dem durch ein Vakuum ohne direkte Berührung Wunden auftreten.

NEIIIN, GEHT WEG!
HILFE !!
GROOOO
AMIRI-TA GYARA-BEI
AMI-RITA SHID-DEI
GROOOOOOoo
AMI-RITA TEI-SEI
AMI-RITA BIKI RAN-DEI

KISHAYOU-GYAREI SOWAKA

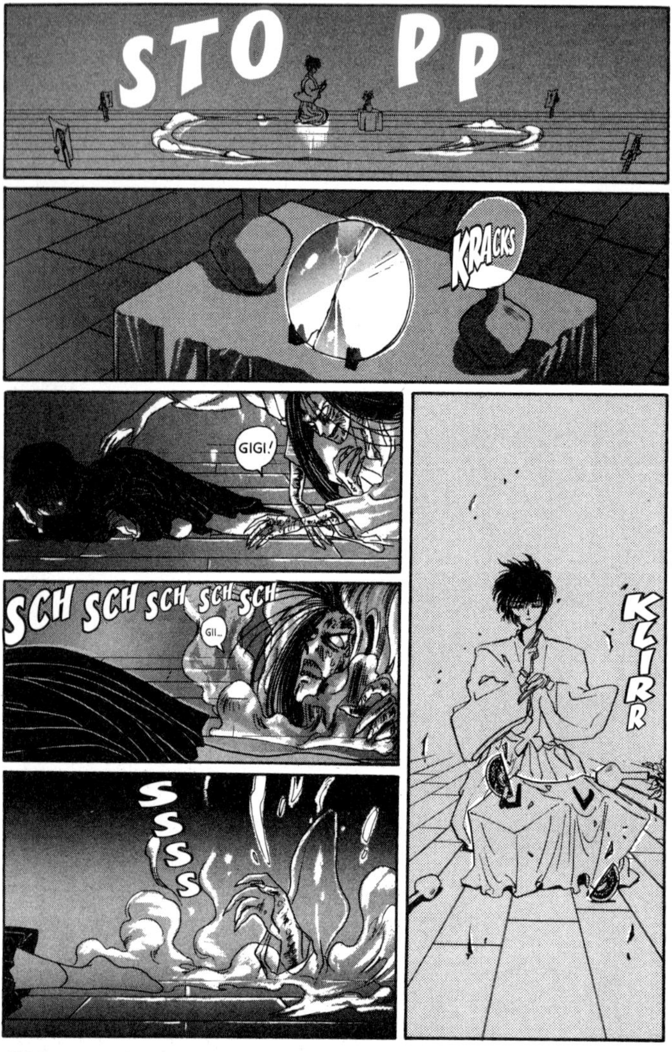
STO PP
KRACKS
GIGI!
SCH SCH SCH SCH SCH
GII...
SSSS
KLIRR

SUBARU!!
STURM
FUMP
SSSST
SEI-CHAN!
ZUPP

TAUMEL
SINK
SSST
BRZZ
BRZZ
BRITZEL

BRITZEL
GHGH
SSST
PTSCH
BRZZ
TONK

WER IST DA?!
KÖNNTET IHR MAL VERNUNFT ANNEHMEN?
EIN FEIND!
BASCH
WIR SIND ANDERS!
SSSSSSCH

BASCH
WIR SIND AUSERWÄHLT!
SCH SCH SCH SCH
WIR SIND ANDERS!
ANDERS, SOSO...
WIR WERDEN DIE ERDE RETTEN!
UM EUCH DÄMONEN ZU BEKÄMPFEN, WURDEN UNS GEHEIME KRÄFTE VERLIEHEN!
WIR WERDEN ÜBERLEBEN, WENN DIE WELT UNTERGEHT! UND DIE LETZTEN MENSCHEN RETTEN!

WIR SIND ANDERS ALS DIE NORMA-LOS!
IHR KÖNNT SCHWACHSINN VERZAPFEN, SO VIEL IHR WOLLT...
... MIR EGAL, ABER...
ANDERS ALS DIE OHNE GEHEIME KRÄFTE!
... DASS IHR SU-BARU-KUN VERWUN-DET...
... DAS DULDE ICH NICHT.

GRIEN
SIRR
SIRRRRRR
ROAR
EIN FEIND!

WIR MÜSSEN IHN BE-SIEGEN!
RAUSCHSCHSCH
WIR SIND ANDERS!

WAS NÜTZT ES DENN, ANDERS ZU SEIN?
WIRBEL
IN MEINEM FRÜHEREN LEBEN WAR ICH EIN KRIEGER UND BIN ES AUCH JETZT!
SRRRRR
UND WAS BRINGT DIR DAS?

FLATTER
FLAPP
FLAPP
GUEEH!
WUSCHSCHSCH
WACK

BADAMM
AAAAAH!
TOCK
FLATTER
SRRRRRRR

SSSCH SCH SCH
SRRR
ICH BIN NICHT SO NETT WIE SUBARU-KUN…
… ICH WERDE EURE MAGIE NICHT AUF MICH NEHMEN.

ICH WILL NICHT ...
... NORMAL SEIN...
... WIE DIE ANDEREN!
DER LEHRER, DER MICH ANGEMOTZT HAT...
... DIE MÄDCHEN, DIE ÜBER MICH LACHEN...
... SIE ALLE WERDEN 1999 STERBEN!

ICH WILL NICHT WIE MEINE ELTERN UND ALLE ANDEREN...
... NORMAL WERDEN!
ICH WILL NICHT IN DER MENGE AUFGEHEN UND IGNORIERT WERDEN!
DU VERSTEHST DA WAS FALSCH.

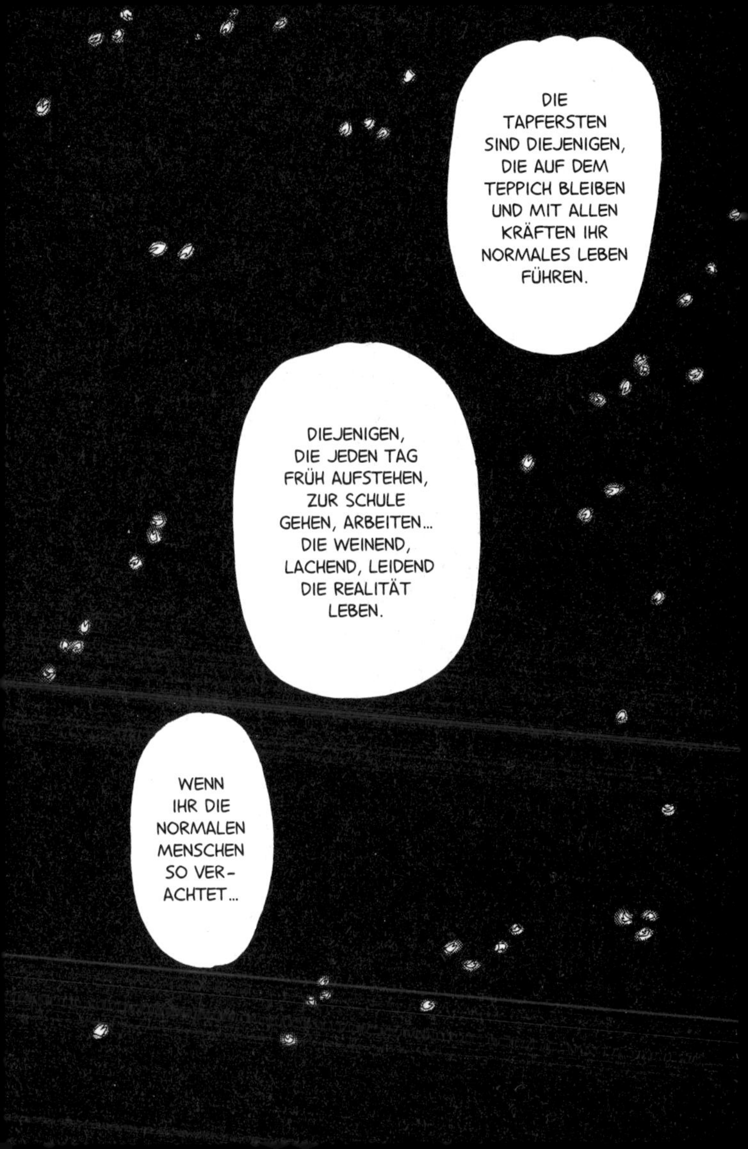
DIE TAPFERSTEN SIND DIEJENIGEN, DIE AUF DEM TEPPICH BLEIBEN UND MIT ALLEN KRÄFTEN IHR NORMALES LEBEN FÜHREN.
DIEJENIGEN, DIE JEDEN TAG FRÜH AUFSTEHEN, ZUR SCHULE GEHEN, ARBEITEN... DIE WEINEND, LACHEND, LEIDEND DIE REALITÄT LEBEN.
WENN IHR DIE NORMALEN MENSCHEN SO VER-ACHTET...

... SEID IHR DANN IN DER LAGE, WIE DIESE NORMALEN MENSCHEN WEITER-ZULEBEN?

WENN IHR UNBEDINGT ANDERS SEIN WOLLT...
... DANN WILL ICH EUCH HELFEN.
!
FLODDER
HI...!
FLRR
SSSSCHSCHSCHSCH
AA-AAA-AAH!

AA-
AAA-
AH!
NEIN!!
SSSCH
SCH
SCH
SCH

WAS IST PASSIERT ?
WAS SOLL DER LÄRM MITTEN IN DER NACHT ?
HI-HI-HI!
TUUT TUUT
HI-HI-HI-HI!
MURMEL MURMEL
MURMEL MURMEL

WAS IST LOS?
KLACK
UGH ...
MAMA!
HILFE! HILF MIR!
HILF MIIIIIR !!
WAAAAAH

FLAPP
ALSO, DIE MAGIE ZURÜCKZUSCHICKEN WAR KEIN THEMA...
... ABER SIE MIT GESCHWÄCHTEM KÖRPER ABFANGEN ZU WOLLEN!
IST DAS VERRÜCKT ODER UNÜBERLEGT?
WENN DIR BEI EINEM JOB ETWAS ZUSTÖSST, WIRD HOKUTO-CHAN WEINEN!
AUSSERDEM...

... IST UNSERE WETTE...

... NOCH NICHT ABGE- SCHLOSSEN, SUBARU-KUN.

LETZTLICH WURDE NIEMANDEM GEHOLFEN...
ICH HABE MICH MIT DEN FAMILIEN DER DREI IN VERBINDUNG GESETZT.
ZWEI VON IHNEN WERDEN WEGEN PSYCHISCHER STÖRUNGEN...
... STATIONÄR BEHANDELT.
DIE DRITTE IST HEIL DAVONGEKOMMEN, DOCH IHRE ELTERN...
... WOLLEN SIE ZUM PSYCHIATER SCHICKEN, WEIL SIE SAGT, SIE HABE GEISTER GESEHEN.
OBWOHL ICH WUSSTE, DASS SPIRITUELLE STÖRUNGEN UND...
... ÜBERSINNLICHE PHÄNOMENE OFT ALS PSYCHISCHE ANOMALITÄTEN ...
... AUFGEFASST WERDEN, KONNTE ICH NICHTS TUN.

WENN SIE IHRE SEELISCHEN WUNDEN THERAPIEREN UND...
... IHRE FAMILIEN IHNEN HELFEN, WERDEN SIE VIELLEICHT WIEDER GESUND.
ABER ICH FÜRCHTE ...
... UM IHRE ZUKUNFT.
SOLCHE SEELISCHEN VERLETZUNGEN ZU ÜBERWINDEN...
... IST SCHWER.
JAPAN IST NICHT WIE AMERIKA, MIT SEINEM VERSTÄNDNIS FÜR...
KLACKER
... PSYCHISCHE KRANKHEITEN UND ÜBERSINNLICHE PHÄNOMENE.
ZERR
SUBARU.
ES WAR EIN JOB.
LEG IHN ZU DEN AKTEN UND VERGISS DEN REST.

* chinesische Desserts, zu denen man Tee trinkt

TOKYO
BABYLON
A SAVE FOR TOKYO CITY STORY

TOKYO BABYLON
A SAVE FOR TOKYO CITY STORY

STARRING: Subaru Sumeragi, Hokuto Sumeragi,
Seishiro Sakurazuka

AND INHABITANT IN TOKYO

VOL. 4
CRIME

MADE IN JAPAN 1992
TOKYO BABYLON

2

PLANNING AND PRESENTED BY CLAMP 1992 JAPAN

Tsumi: Schuld, Vergehen, Sünde.

1. Verstoß gegen Gesetz oder Moral, Handlungen, die heilige Dinge besudeln oder die Ordnung der Welt stören, eine Sünde/ein Verbrechen begehen.

2. Strafe, Bestrafung, eine Strafe auf sich nehmen, büßen.

3. *(im Buddhismus, Christentum usw.)* Abweichen vom religiösen Gebot.

STORY: NANASE OHKAWA COMIC: MOKONA APAPA

TOKYO BABYLON VOL.4 CRIME PRESENTED BY CLAMP 1992

OKAY ...
... GUT SO...
ETWAS NACH RECHTS.
KRACKS
KRACKS

SPÄH
SPÄH

WUPP
SUBARUUUU! HALLO, SUBARU!
WINKE WINKE
WE...WENN DU SO LAUT SCHREIST, STÖRST DU DIE LEUTE HIER.
WAS?! HÄTTE ICH NICHT GERUFEN, HÄTTEST DU UNS NIE BEMERKT!
HO HO
ENT-SCHULDIGE MEINE VERSPÄ-TUNG.
KEINE URSACHE, ICH HABE MICH DERWEIL MIT HOKUTO-CHAN UNTER-HALTEN.
ES WAR SEHR KURZ-WEILIG.
WIR HABEN ÜBER GRÄBER GE-SPROCHEN.
GRÄBER?

?
?
MAN SAGT DOCH JETZT: »LIEBER EIN GRAB HABEN ALS EIN HAUS!«
WAS?
DIE NEW ECONOMY MAG JA GEPLATZT SEIN, DOCH DIE GRUND-STÜCKSPREISE IN TOKYO ZEIGEN NICHT DAS GERINGSTE ANZEICHEN FÜR EINEN PREIS-VERFALL.
DASSELBE GILT FÜR GRÄBER.
KAUM JEMAND KANN SICH BEI DEN GRUND-STÜCKSPREISEN IM STADTGEBIET DEN KAUF EINES GRABES LEISTEN.
WENN JEMAND DANN MÜHSAM DAS GELD FÜR EIN GRAB AUFGE-BRACHT HAT, DANN WIRD ES AM ENDE BESCHLAG-NAHMT, WENN ER KEINE HINTERBLIEBENEN HAT, DIE DAS GRAB PFLEGEN!
OBWOHL ER ES GEKAUFT HAT?
SO IST DAS GESETZ!

SOLANGE MAN LEBT, SORGT MAN SICH WEGEN EINER WOHNUNG, WENN MAN TOT IST, WEGEN SEINES GRABES.
DIE BÜRGER TOKYOS KOMMEN AUCH NIEMALS ZUR RUHE!
KNARR
SSSS
WAS IST, SUBARU, DU WIRKST SO BEDRÜCKT?
IST WAS PASSIERT?
NEIN, EIGENTLICH NICHT, ABER...
BEVOR ICH HER-KAM...
... HABE ICH GESEHEN, WIE EIN SCHREIN ABGERISSEN WURDE.
EIN SCHREIN ?

AUCH DIE GRÄBER, VON DENEN DU SPRACHST ...
... DÜRFEN NIE ANGERÜHRT WERDEN, UM DIE TOTEN NICHT ZU WECKEN, ABER...
... ES IST VIEL SCHLIMMER, WENN EIN SCHREIN ANGETASTET WIRD.
WIESO?
SCHREINE WURDEN MEIST ZUR VERSIEGELUNG BENUTZT.
ÜBLES UND GEFÄHRLICHES WIRD EINGESPERRT UND...
... DARÜBER LEGT MAN DAS FUNDAMENT FÜR EINEN SCHREIN, UM ES ZU VERSIEGELN.
BEIM ABRISS EINES SCHREINS WIRD...
... DAS DORT VERSIEGELTE ETWAS FREIGELASSEN.

* Torii ist das große Tor vor dem Schreinbezirk

SUBARU-KUN KÖNNTE ZUNÄCHST DIESES MUFFIN UND DIE CHICKEN NUGGETS ESSEN.
GENAU! WILLST DU ETWA SEI-CHAN ENTTÄUSCHEN?
WAS HAST DU VOR, SUBARU?
DU MUSST DOCH HEUTE NICHT MEHR ARBEITEN?
ICH GEHE MAL BEIM YASUKUNI-SCHREIN VORBEI.
BEIM YASUKUNI? WOZU?
EINE HAUSAUFGABE. ICH MUSS EINE SKIZZE MACHEN.
WIR HABEN KEINE SOLCHE AUFGABE BEKOMMEN!
KRÜMPEL
ICH HABE IM KUNSTUNTERRICHT GEFEHLT UND EINE EXTRA-AUFGABE BEKOMMEN.

DASS DU NICHT ZUM UNTERRICHT KOMMEN KANNST, LIEGT AN DEINER ARBEIT!
DAS ÄNDERT NICHTS DARAN, DASS ICH NICHT TEILNEHME.
AUSSERDEM ERKENNT DER LEHRER MIR DEN KURS AN, WENN ICH EINE GUTE ZEICHNUNG ABLIEFERE.
OBWOHL ER MICH DURCHFALLEN LASSEN KÖNNTE, BEMÜHT ER SICH, MIR WEITERZUHELFEN.
SCHADE UM DEN SCHÖNEN SONNTAG...
... UND DAS HERRLICHE WETTER!
IDEAL ZUM ZEICHNEN!
ICH HÄTTE DIR EINE LUNCHBOX MACHEN KÖNNEN!
TSS!
SCHON OKAY.
ICH ESSE DOCH JETZT.
UND DAS ABENDESSEN?
ICH GEHE HEUTE ESSEN.
GEHST DU AUS, HOKUTO-CHAN?
HO HO
ICH HAB EIN DATE!
OOH! DAS IST JA TOLL!

ABER DER ARME SUBARU MUSS ALLEINE ZU ABEND ESSEN!
KEIN PROBLEM, HOKUTO-CHAN!
WENN MAN NICHT AUFPASST, ISST ER GAR NICHTS!
WAS SOLL ICH TUN ?!
KOMM DOCH ZUM ESSEN ZU MIR! VERGLICHEN MIT HOKUTO-CHANS KOCHKÜNSTEN MUSS ICH MICH ZWAR SCHÄMEN, ABER ICH BRUTZEL UNS IRGENDWAS.
ICH WEISS NICHT ...
DRÄNGEL
WENN DU MIT IHM ISST, BIN ICH BERUHIGT!
NICHT WAHR?
GENAU!
HO... HOKU-TO-CHAN!
ICH BIETE ALLES AUF FÜR DEN, DEN ICH LIEBE.
OLALA! WIEDER EINEN SCHRITT NÄHER ZUR LIEBE MIT SUBARU, SEI-CHAN!
WISPER WISPER
ÄHM... NICHT SO LAUT, WIR STÖREN DIE ANDEREN...

PINSEL PINSEL
WENN DU JETZT LOS-GEHST, BIST DU BEI SONNEN-UNTERGANG FERTIG, ODER?
ES WIRD DIR VIELLEICHT NICHT SCHMECKEN, ABER ICH KOCHE MIT LIEBE.
ALSO ERWARTE ICH DICH GEGEN ACHT UHR.
SEISHIRO-SAN MACHT STÄNDIG DIESE WITZE, GENAU WIE HOKUTO-CHAN...
OB ER WOHL WIRKLICH WAS MIT DEN »SAKURAZUKAMORI« ZU TUN HAT?

ACH WAS, EIN SO FREUNDLICHER UND NETTER MENSCH...
DENNOCH...
BEI MEINEM JOB AUF DEM TOKYO TOWER SAH ES SO AUS, ALS OB...
... ER TAT-SÄCHLICH MAGIE BE-HERRSCHT, AUCH WENN ES NUR EIN MANTRA WAR.

WAS MAG SEISHIRO-SAN NUR FÜR EIN MENSCH SEIN?

HU!!
KLACK
WA... WAS IST DAS?
STURM
WAS BEDEUTET... DIESES STOCKEN DER ENERGIE?
ES IST IM SCHREIN...
NEIN... HIER AUF DEM SCHREIN-GELÄNDE HAT EINE BE-SCHWÖRUNG STATTGE-FUNDEN.

WAS IST DAS FÜR EINE ENERGIE?

ZUCK
KANN ES SEIN... HABEN SIE...
... ETWA...
... IN DIESER ERDE...?
NIEMAND KOMMT MIR IN DIE QUERE.
ICH LASSE DAS NICHT ZU!

WARTEN SIE!
LASS MICH LOS!
HABEN SIE HIER IRGENDWAS VERGRA-BEN?
NIEMAND KOMMT MIR IN DIE QUERE!
NIE-MAND...
HABEN SIE ETWA EINEN HUNDE-GOTT?
WOHER WEISST DU DAS ?!
WIE KANNST DU DAS ...?!
WAS IST DARAN VERBOTEN ?!

ES IST DOCH KEIN VERBRECHEN!
BITTE, HÖREN SIE MIR ZU!
ICH KENNE IHRE LAGE NICHT, ABER...
... DER HUNDEGOTT WIRD NICHT NUR DIE PERSON, DIE SIE VERFLUCHEN, SONDERN AUCH SIE SELBST...
DAS IST MIR EGAL.

SSSSIIIIIU
MEIN GLÜCK ENDETE AN JENEM TAG.
EGAL WAS MICH ERWARTET, MEIN LEBEN KANN NICHT SCHLIMMER WERDEN.

LIEST DU ZEITUNG?
JA, SCHON...
ERINNERST DU DICH AN DIE ERMORDUNG EINES KLEINEN MÄDCHENS VOR ZWEI JAHREN?
DAS VERBRECHEN HAT SICH HIER IN DER STADT ABGESPIELT.
SIE WAR MEINE TOCHTER.

SIE WAR ERST SECHS JAHRE ALT.
SIE SOLLTE EINGESCHULT WERDEN, ICH HATTE DIE SCHULUNIFORM SCHON GEKAUFT.
MEIN MANN, ICH UND UNSERE TOCHTER, WIR WAREN EINE GANZ NORMALE FAMILIE.
BIS ZU JENEM TAG.
WIR KANNTEN UNS AUS DER FIRMA UND WOHNTEN IN EINEM FIRMENAPPARTEMENT...
... WIRKLICH GANZ NORMAL.
AN JENEM TAG REGNETE ES, UNSER KIND KAM NICHT AUS DEM KINDERGARTEN NACH HAUSE...
UND SIE BLIEB VERSCHWUNDEN.

DIE POLIZEI SUCHTE SIE.
AUCH UNSERE NACHBARN.
ABER MAN FAND SIE NICHT.
EINEN MONAT NACH IHREM VERSCHWINDEN...
... LAG SIE IN EINEM FLUSS IN DER NÄHE.
ALS SIE FORT WAR, HATTE ICH JEDE NACHT ALBTRÄUME.
WIE SIE GEQUÄLT WURDE, WIE JEMAND SIE VERLETZTE...
JEDES MAL SCHRECKTE ICH AUS DEM SCHLAF HOCH.
DOCH DIE REALITÄT WAR VIEL SCHLIMMER.

DER TÄTER WAR EIN FREMDER ...
... DEN WEDER MEIN MANN NOCH ICH KANNTEN.
... UND DANN WÄRE SIE STILL GEWORDEN.
ABER DER TÄTER WURDE GEFASST ...
JA, ER WURDE GEFASST.
ER SAGTE, SIE WÄRE IHM AUFGEFALLEN, SIE WÄRE NIEDLICH GEWESEN, DA...
... HÄTTE ER SIE MITGENOMMEN, UND WEIL SIE GESCHRIEN HÄTTE, HÄTTE ER SIE MIT DEM KOPF UNTER WASSER GEHALTEN...
ABER ER WURDE NICHT VERURTEILT.

WA... WARUM ...?
DAS PSYCHOLOGISCHE GUTACHTEN ERGAB, DASS ER PSYCHISCH KRANK UND DAMIT SCHULDUNFÄHIG WAR.
ALS ICH DAS URTEIL HÖRTE, BESCHLOSS ICH...
... WENN DIE JUSTIZ DEN KERL NICHT TÖTET, DANN ...
... WERDE ICH IHN TÖTEN.
ZUERST WOLLTE ICH IHN SOFORT ERSTECHEN.
ABER DANN...
... HÄTTE ICH EINEN UNSCHULDIGEN BÜRGER ERMORDET.
DA BESCHLOSS ICH, MICH GENAU WIE ER VON DER JUSTIZ SCHÜTZEN ZU LASSEN.

IM HEUTIGEN JAPAN IST ES KEINE DIREKTE TAT, WENN MAN JEMANDEN DURCH EINEN FLUCH TÖTET.
DA MAN DIE PERSON NICHT DIREKT ER-MORDET, GILT ES NICHT ALS VERBRECHEN.
GENAU WIE BEI IHM.
OBWOHL MAN GETÖTET HAT...
... IST MAN UN-SCHUL-DIG.
DURCH DEN MORD AN MEINEM KIND HABE ICH BEGRIFFEN: ÜBER DAS BEGANGENE VERBRECHEN, ÜBER DIE GESETZE WIE ÜBER DIE STRAFE...
... ÜBER ALL DAS ENTSCHEIDEN FREMDE.

FREMDE, DIE TRAT-SCHEN...
FREMDE, DIE DA-RÜBER BE-RICHTEN ...
DER FREMDE, DER DEN TÄTER VERTEI-DIGT...
FREMDE HABEN...
... NICHT DIE LEISESTE AHNUNG ...

FREMDE, DIE EIN PSYCHO-LOGISCHES GUTACH-TEN ER-STELLEN ...
... VON DEN WUNDEN...
DER FREMDE, DER DAS URTEIL »NICHT SCHUL-DIG«...
... VER-KÜNDETE.
... DIE WIR ERLITTEN.

SEITHER HABE ICH DIE ALTEN SCHRIFTEN STUDIERT.
ICH HABE JEDEN TAG NACH EINEM WEG GESUCHT...
ICH HABE ENGLISCHE LITERATUR STUDIERT UND HATTE KEINE AHNUNG VON DIESEN DINGEN, ABER...
... IHN DURCH EINEN FLUCH ZU TÖTEN.
... EINS DAVON WAR DIES...
AUCH DEN HUNDEGOTT FAND ICH IN DEN SCHRIFTEN.
ES GAB DIESEN HUND, DEN MEINE TOCHTER SEHR GELIEBT HATTE.
ICH HABE IHM VOR EINER WOCHE NACHTS HIER DEN KOPF ABGESCHLAGEN.

FÜR EINEN HUNDEGOTT MUSS MAN DEN KOPF EINES GELIEBTEN HUNDES VERGRABEN.
EIGENTLICH MUSS ES EIN ORT SEIN, WO MEHR MEN-SCHEN VORBEI-KOMMEN UND DARÜBER LAUFEN, ABER…
… DA ES IN DIESER GEGEND VON TOKYO PRAKTISCH KEINE STELLE MEHR GIBT, WO GENUG ERDE GEBLIEBEN IST, UM EINE LEICHE DARIN ZU VERGRABEN…
… HABE ICH ES HIER BEIM YASUKUNI-SCHREIN GETAN.
DER TOTE HUND WIRD ZUM HUNDEGOTT UND ZU MEINEM DIENSTBAREN GEIST.
FRÜHER HÄTTE ICH ES NIE GE-SCHAFFT, EINEM HUND DEN KOPF ABZU-SCHLAGEN, DOCH…
… JETZT MACHT MIR NICHTS MEHR WAS AUS.
AUCH DASS DU ALLES WEISST… SELBST WENN ES HERAUSKOMMT, ES IST KEIN VER-BRECHEN.
MAN WIRD MICH HÖCHSTENS FÜR EINE VER-WIRRTE FRAU HALTEN.

WARTEN SIE! BEI BESCHWÖRUNGEN KOMMT ...
... IMMER AUCH EINE VERGELTUNG ZURÜCK.
WENN SIE DAS TUN, WERDEN SIE...!
DAS IST MIR EGAL.
MIR IST ES EGAL, WENN ICH STERBE.
SIE WAR MEIN GELIEBTES KIND.
SIE WAR MEIN GLÜCK...

MEIN GLÜCK, DAS ICH IN 31 JAHREN AUFGEBAUT HATTE.
UND IRGENDEIN X-BELIEBIGER FREMDER...
... HAT ES IN EINEM MOMENT ZERSTÖRT.
ICH MUSS SIE STOPPEN!
ICH MUSS DIESE FRAU STOPPEN!

WIE HIESS IHRE TOCHTER ?
MAI.
OB MAI-SAN SICH DAS HIER WÜNSCHT?
ICH GLAUBE NICHT, DASS MAI-SAN WILL, DASS SIE DAS TUN.
SIE MÖCHTE SICHER NICHT ...
... DASS IHRE MUTTER SICH UN-GLÜCKLICH MACHT.

WOHER WILLST DU DAS WISSEN?
DU KANNST MAI NICHT FRAGEN!
WIR KÖNNEN IHRE STIMME NICHT MEHR HÖREN!!
VIELLEICHT KÖNNEN WIR MAI-SAN TREFFEN.
WAS SAGST DU?
ICH KANN MAI-SAN HER-RUFEN, WENN AUCH NUR FÜR KURZE ZEIT.
WAS SOLL DER UNSINN?
WENN SIE SICH ÜBER BE-SCHWÖRUN-GEN INFOR-MIERT HABEN...
... KENNEN SIE AUCH DIE SÉANCEN DER GEISTERBE-SCHWÖRER.

WO... DIE SEELE EINES VERSTOR- BENEN AN- GERUFEN WIRD?
WENN SIE EINVER- STANDEN WÄREN, KÖNNTEN WIR HÖREN, WAS MAI- SAN DAZU SAGT.
WER UM HIMMELS WILLEN...
ICH WEISS ZWAR NICHT, OB SIE MIR GLAUBEN, ABER ICH BIN...
... AUS DIESEM GEWERBE.
BIST DU EIN MEDIUM ODER SPIRITIST ODER SO WAS?
LEG MICH NICHT REIN!
ICH BITTE SIE! WENN SIE MIR HELFEN...
... KANN ICH MAI-SAN HERBEI- RUFEN.
FRAGEN SIE SIE BITTE NACH IHREN GEFÜHLEN.

SIE SOLLTEN HÖREN, WAS IHR KIND DAZU ZU SAGEN HAT!
SONST WIRD ETWAS FURCHTBARES GESCHEHEN.

WENN ICH SIE ANSPRECHE, ÖFFNEN SIE DIE AUGEN.
NICK
FFHHH
曩謨囉怛曩怛囉夜耶
FFFT
曩莫阿哩野弭跢婆耶

PUH!
ES TUT SO WEH!
MAMA, HILF MIR!
BESTRAFE DIESEN ONKEL!

ICH HABE SCHMERZEN!
ES TUT WEH!
DA...DAS IST...
WAS IST LOS? ICH ÖFFNE DIE AUGEN!
MAI...

MAI...! MAI!
MAI!
SAG'S MIR!
ICH KANN SIE NICHT HÖREN!
WAS SAGT MAI?
WAS SAGT SIE?!

SAG DOCH, WAS SAGT SIE?
WAS IST LOS ?!
SIE...
... SIE MÖCHTE, DASS SIE... DAMIT AUF-HÖREN UND...
... GLÜCK-LICH...
... WERDEN...

MAI! MAI!
AAAAAAH!
ES TUT SO WEH!
ICH HABE SCHMER-ZEN!

SCH
SCH
SCH
ES REGNET...
HOFFENT-LICH WIRD SUBARU-KUN NICHT NASS.
KÖCHEL
DING DONG
ICH KOMME!
SCHLAPP SCHLAPP
DING DONG
KLACK
TROPF TROPF
TROPF
ICH HÄTTE DICH DOCH ABHOLEN SOLLEN.
ICH HABE MIR SCHON SORGEN GEMACHT.

ENT-SCHULDIGE, DU HAST EXTRA GEKOCHT ...
... ABER ICH MÖCHTE HEUTE NACHDENKEN...
... ICH GEHE BESSER NACH HAUSE.
IST WAS PASSIERT, SUBARU-KUN?
...
SCHWUPPS
SE... SEI-SHIRO-SAN!
WENN ICH DICH SO NACH HAUSE GEHEN LASSE ...
... BRINGT HOKUTO-CHAN MICH UM.

ICH BIN EIN LÜGNER.
ICH HABE DIESE FRAU BELOGEN.
ABER ICH BRACHTE ES NICHT FERTIG, IHR DIE WORTE IHRES KINDES...
... MITZU-TEILEN.
ICH KONNTE IHR NICHT DIE WAHR-HEIT SAGEN IN DEM WISSEN, DASS...
... SIE LEIDEN WÜRDE...
MEINE ARBEIT WAR NICHT IMMER LUSTIG, ABER...
... HEUTE... HEUTE WAR ES...
VIELLEICHT WAR ES FALSCH.
VIELLEICHT HABE ICH SIE NUR...
... AUS SELBSTGE-FÄLLIGKEIT BELOGEN.
NUR SIE SELBST WEISS DOCH, WAS IHR GLÜCK IST.

NUR UM MEINER SELBST WILLEN HABE ICH SIE...
... DASS DU SIE BELOGEN HAST.
ABER ...!
STIMMT, NUR SIE ALLEIN WEISS, WAS IHR GLÜCK IST.
DESHALB WEISS AUCH NUR DIESE FRAU, OB ES FÜR SIE GUT IST...
SELBST FALLS DU FALSCH GEHANDELT HAST...
WÜRDEST DU JEMANDEM VORWÜRFE MACHEN, WEIL ER UNWISSENTLICH EINEN FEHLER BEGANGEN HAT?
NEIN.
DANN...
... VERZEIHE AUCH DIR SELBST.

WENN DU ES VON JE-MANDEM HÖREN MUSST, SAGE ICH...
»DEINE LÜGE WAR RICHTIG.«
DAMIT HÄTTE AUCH ICH MICH GEIRRT, FALLS DU DICH GEIRRT HABEN SOLLTEST.
SEI-SHIRO-SAN...
SSST
JETZT SCHLAF ERST MAL.
ICH BLEIBE BEI DIR.
FALLS JEMAND KOMMT, UM DIR VORZUWERFEN, DASS DU EIN LÜGNER BIST, VERJAGE ICH IHN.
SEISHIRO-SAN...
WAS IST?

VIELEN DANK...
SCHLAF GUT.
KLACK
KLIRR

VOL.4 CRIME ENDE

TOKYO
BABYLON
A SAVE FOR TOKYO CITY STORY

»Mit blutendem Herzen – der warmherzige Yin-Yang-Meister Subaru Sumeragi«

Ein Kommentar von Mikio Ikai
(Chefredakteur des Manga-Infomagazins »Pafu«)

Man kann TOKYO BABYLON sicherlich als repräsentatives Werk der Anfangsphase von CLAMP bezeichnen. Bei den Fans war die Serie so beliebt, dass sie 1993 in den Top Ten des Manga-Infomagazins »Pafu« einen glänzenden ersten Platz belegte. Und auch heute, sieben Jahre nach Beendigung der Serie, wird sie weiterhin gelesen und zieht immer neue Leser in ihren Bann.

Die Hauptpersonen: Der 16-jährige Subaru Sumeragi, dreizehntes Oberhaupt eines Clans von Yin-Yang-Meistern, die seit jeher die spirituellen Beschützer Japans sind, und Seishiro Sakurazuka, ein liebenswürdiger junger Mann und Betreiber einer Tierklinik, der jedoch möglicherweise in Wirklichkeit die Killer-Organisation Sakurazukamori vertritt. Entlang der Längsachse, die diese schicksalhafte Beziehung zwischen den beiden bildet, entspinnt sich die Story um TOKYO BABYLON. Doch um all denen, die das Werk zum ersten Mal lesen, die Spannung nicht zu nehmen, halte ich mich an dieser Stelle zurück. Wenn ich nur einen einzigen Satz dazu sagen darf: Es ist Wahnsinn! Sie sollten es einfach lesen und sich selbst davon überzeugen.

Während die Beziehung zwischen Subaru und Seishiro die Längsachse darstellt, bilden die Dramen der Menschen, die in Tokyo leben, die Vertikale. Als Yin-Yang-Meister setzt sich Subaru

mit den spirituellen Ereignissen auseinander, die sich in dieser Stadt abspielen, und trifft so die verschiedensten Menschen.

Doch all diese Personen stellen keine Feinde im eigentlichen Sinne dar. Die Gegner, mit denen Subaru es zu tun bekommt, stehen für die Leiden und Störungen, welche die Stadt Tokyo und die dort lebenden Menschen auf sich geladen haben. Daher geht es auch nicht einfach darum, böse Geister zu erledigen. Oft empfindet Subaru die Schmerzen der gequälten Menschen als seine eigenen, und während er leidet, sucht er nach einer Antwort.

Das Mädchen, das sich in ein Schneckenhaus verkriecht, weil es vergewaltigt wurde. Oder die Mädchen, die ihre Augen vor der harten Realität verschließen und sich einbilden, sie seien Kriegerinnen, die die Welt retten würden. Und der Geist einer angehenden Schauspielerin in Tokyo, die sich das Leben nimmt, als ihre Träume zerstört werden. Die Mutter, deren Kind ermordet wurde; das Mädchen, das gemobbt wurde; der alte Mann, den niemand haben will... Subaru teilt die Schmerzen dieser Menschen und sucht nach Leibeskräften eine Antwort. Oft trifft er dabei auf Probleme, für die es keine perfekte oder richtige Lösung zu geben scheint. Dennoch stellt er sich auch diesen Problemen und vergießt dabei sprichwörtlich sein eigenes Blut – das seines Körpers und das seines Herzens.

Es gibt zahlreiche Werke, die Yin-Yang-Meister und spirituelle Kräfte thematisieren, doch ich glaube, dass TOKYO BABYLON von Manga-Fans als eine Serie geschätzt wird, die zwischen all den anderen herausragt. Dies resultiert sicher daraus, dass die Leser für ein Werk empfänglich sind, in dem nicht nur

coole Action und mysteriöse Phänomene, sondern auch die ihnen zu Grunde liegenden menschlichen Gefühle und Leiden dargestellt werden.

Und das liegt wohl wiederum gerade daran, dass CLAMP sich auf dieselbe Weise direkt mit den Themen auseinander gesetzt haben wie ihr Protagonist Subaru. Ohnehin beschäftigen sich meiner Ansicht nach nicht viele Medien, die sich hauptsächlich an junge Mädchen wenden, mit gesellschaftlichen Fragen wie Mobbing, Problemen alter Menschen usw.

Ein entscheidender Punkt ist darüber hinaus, dass CLAMP keine abgedroschenen Musterlösungen bieten, sondern mit der Ernsthaftigkeit von Personen, die selbst Schmerzen erfahren haben, auf eigene Antworten verweisen. Antworten, die nicht von oben herab gepredigt, sondern mit den Worten eines Menschen, der wirklich gelitten hat, gegeben werden. Manchmal mögen die Antworten scharf oder hart sein. Vielleicht haben sie die Leser auch betroffen gemacht. In jedem Fall waren sie immer ein Anlass, selbst nachzudenken. Möglicherweise nimmt TOKYO BABYLON bei den Lesern gerade deshalb noch immer einen besonderen Platz ein, weil sie diese Ernsthaftigkeit spüren und schätzen. CLAMP haben auf diese Weise viele Leser erreicht und deren Herz erobert.

Ich finde es äußerst erfreulich, dass TOKYO BABYLON durch diese Taschenbuchausgabe neuen Lesern zugänglich gemacht wird. Die in diesem Werk beschriebenen gesellschaftlichen Probleme existieren auch heute, fast zehn Jahre nach Erscheinen der Serie, ohne dass man eine Lösung dafür gefunden hätte.

Ich versichere allen neuen Lesern: TOKYO BABYLON wird Sie schockieren! Und bei allen Fans, die die Serie nun, da sie ein paar Jahre älter sind, erneut lesen, wird sie neue tiefe Eindrücke hinterlassen.

TOKYO BABYLON ist ein Meisterwerk – lesen Sie es!

MANGA! CHECKLIST

BATTLE ANGEL ALITA - Complete Collection

€ (D) 45,- / € (A) 46,30 / sFr. 78,-

- ◯ Complete Collection: Bände 1 bis 9 in Schmuckbox

BATTLE ANGEL ALITA - LAST ORDER

Von Kishiro

€ (D) 6,- / € (A) 6,20 / sFr. 11,20

- ◯ Bände 1 bis 3
- ◯ Band 4 07/04

BOY'S NEXT DOOR

Von Yuki

€ (D) 6,- / € (A) 6,20 / sFr. 11,20

- ◯ Boy's next Door (Tb)

BRAIN POWERD

Von Sugisaki & Tomino

€ (D) 6,- / € (A) 6,20 / sFr. 11,20

- ◯ Bände 1 bis 4

BRONZE: ZETSUAI SINCE 1989

Von Ozaki

€ (D) 6,- / € (A) 6,20 / sFr. 11,20

- ◯ Zetsuai Bände 1 bis 5
- ◯ Bronze Bände 1 bis 11
- ◯ Band 12 06/04
- ◯ Band 13 08/04

CANDIDATE FOR GODDESS

Von Sugisaki

€ (D) 6,- / € (A) 6,20 / sFr. 11,20

- ◯ Band 1 06/04
- ◯ Band 2 08/04

AKIRA - Original Edition

Von Otomo

€ (D) 16,- / € (A) 16,50 / sFr. 27,50

- ◯ Bände 1 bis 6

ALICHINO

Von Shurei

€ (D) 10,- / € (A) 10,30 / sFr. 18,30

- ◯ Band 1 08/04

ANGEL SANCTUARY

Von Yuki

€ (D) 6,- / € (A) 6,20 / sFr. 11,20

- ◯ Bände 1 bis 19
- ◯ Band 20 06/04

€ (D) 30,- / € (A) 30,90 / sFr. 52,40

- ◯ Angel Sanctuary Artbook: »Angel Cage«

€ (D) 12,- / € (A) 12,40 / sFr. 21,90

- ◯ Angel Sanctuary Postkartenbuch »Angelic Voice«

BANZAI!

Das Manga-Magazin

€ (D) 5,- / € (A) 5,20 / sFr. 9,90

- ◯ Bände 10/01 bis 04/04
- ◯ Band 05/04
- ◯ Band 06/04
- ◯ Band 07/04
- ◯ Band 08/04
- ◯ Band 09/04

BANZAI!

Empf. VK € (D) 19,95 / € (A) 20,70 / sFr. 36,80

- ◯ BANZAI!-BASEBALL-CAP schwarz
- ◯ BANZAI!-BASEBALL-CAP rot

BASTARD!!

Von Hagiwara

€ (D) 6,- / € (A) 6,20 / sFr. 11,20

- ◯ Bände 1 bis 22

BATTLE ANGEL ALITA (Taschenbuch)

Von Kishiro

€ (D) 6,- / € (A) 6,20 / sFr. 11,20

- ◯ Bände 1 bis 9

CHECKLIST

DAISUKI
Das Mädchen-Manga-Magazin

€ (D) 3,- / € (A) 3,10 / sFr. 5,90
- ○ Bände 02/03 bis 04/03

€ (D) 5,- / € (A) 5,20 / sFr. 9,90
- ○ Bände 05/03 bis 04/04
- ○ Band 05/04
- ○ Band 06/04
- ○ Band 07/04
- ○ Band 08/04
- ○ Band 09/04

Empf. VK € (D) 14,95 / € (A) 15,50 / sFr. 28,30
- ○ Daisuki-Maskottchen KISU (Plüsch)

D.N.ANGEL
Von Sugisaki

€ (D) 5,- / € (A) 5,20 / sFr. 9,30
- ○ Bände 1 bis 10

€ (D) 12,- / € (A) 12,40 / sFr. 21,90
- ○ D.N.Angel Artbook Feder

€ (D) 22,- / € (A) 22,70 / sFr. 38,60
- ○ Neutral Artbook

DNA²
Von Katsura

€ (D) 5,- / € (A) 5,20 / sFr. 9,30
- ○ Bände 1 bis 5

DOREMI
Von Todo & Takanashi

€ (D) 6,- / € (A) 6,20 / sFr. 11,20
- ○ Bände 1 bis 3

DRAGIC MASTER
Von Labs

€ (D) 10,- / € (A) 10,30 / sFr. 18,30
- ○ Band 1 ○ Band 2 Herbst 2004

€ (D) 16,- / € (A) 16,50 / sFr. 28,60
- ○ Dragic Master Special

DRAGON GIRLS
Von Shiozaki

€ (D) 10,- / € (A) 10,30 / sFr. 18,30
- ○ Band 1 06/04 ○ Band 2 09/04

CANTARELLA
Von Higuri

€ (D) 6,- / € (A) 6,20 / sFr. 11,20
- ○ Band 1
- ○ Band 2
- ○ Band 3 07/04
- ○ Band 4 09/04

CAPTAIN TSUBASA - DIE TOLLEN FUSSBALLSTARS
Von Takahashi

€ (D) 5,- / € (A) 5,20 / sFr. 9,30
- ○ Bände 1 bis 26
- ○ Band 27 06/04
- ○ Band 28 08/04

CHIRALITY
Von Urushihara

€ (D) 10,- / € (A) 10,30 / sFr. 18,30
- ○ Bände 1 bis 3

Empf. VK € (D) 12,50 / € (A) 13,- / sFr. 23,90
- ○ **Poster** Chirality

CHRNO CRUSADE
Von Moriyama

€ (D) 10,- / € (A) 10,30 / sFr. 18,30
- ○ Band 1 bis 2
- ○ Band 3
- ○ Band 4 08/04

CLOVER!
Von CLAMP

€ (D) 8,- / € (A) 8,30 / sFr. 14,80
- ○ Bände 1 bis 4

CREWMAN 3
Von Labs

€ (D) 5,- / € (A) 5,20 / sFr. 9,30
- ○ Band 1
- ○ Band 2 06/04

MANGA CHECKLIST

DRAGON BALL *und andere* TORIYAMA-SERIEN

KAJIKA
Von Toriyama
€ (D) 5,- / € (A) 5,20 / sFr. 9,30
- ◯ Kajika (Tb)

MANGA - ZEICHENKURS
Von Toriyama
€ (D) 5,- / € (A) 5,20 / sFr. 9,30
- ◯ Manga-Zeichenkurs

SAND LAND
Von Toriyama
€ (D) 5,- / € (A) 5,20 / sFr. 9,30
- ◯ Sand Land (Tb)

TORIYAMA WORLD SPECIAL
Von Toriyama
€ (D) 25,- / € (A) 25,70 / sFr. 43,80
- ◯ Toriyama World Special **Artbook** (Hc)

3 X 3 AUGEN
Von Takada
€ (D) 6,- / € (A) 6,20 / sFr. 11,20
- ◯ Bände 1 bis 24
- ◯ Band 25
- ◯ Band 26 06/04
- ◯ Band 27 07/04
- ◯ Band 28 08/04
- ◯ Band 29 09/04

Du bist immer noch bei mir: © 1998 by Mariku Kikuta

DU BIST IMMER NOCH BEI MIR
Von Kikuta
€ (D) 8,- / € (A) 8,30 / sFr. 14,80
- ◯ Du bist immer noch bei mir (HC/Kleinformat)

DRAGON BALL (Taschenbuch)
Von Toriyama
€ (D) 5,- / € (A) 5,20 / sFr. 9,30
- ◯ Bände 1 bis 42

DRAGON BALL ARTBOOK
Von Toriyama
€ (D) 26,- / € (A) 26,80 / sFr. 45,60
- ◯ Dragon Ball **Artbook**

DRAGON BALL GT - (Taschenbücher)
€ (D) 6,- / € (A) 6,20 / sFr. 11,20
- ◯ Bände 1 bis 3

DRAGON BALL Z - (Taschenbücher)
€ (D) 6,- / € (A) 6,20 / sFr. 11,20
- ◯ Bände 1 bis 10
- ◯ Band 11
- ◯ Band 12 07/04
- ◯ Band 13 09/04

DRAGON BALL Z - FIGUREN
Empf. VK € (D) 39,- / € (A) 40,40 / sFr. 70,90
- ◯ Son-Goku (limltiert)
- ◯ Kuririn (limltiert)
- ◯ Vegeta (limltiert)
- ◯ Piccolo (limltiert)

DRAGON BALL Z - WALL SCROLLS
Empf. VK € (D) 30,- / € (A) 31,10 / sFr. 55,10
- ◯ Son-Goku
- ◯ Vegeta
- ◯ Piccolo
- ◯ Son-Gohan

DRAGON BALL Z - ZEICHENKURS
€ (D) 10,- / € (A) 10,30 / sFr. 18,30
- ◯ How to draw -Sammelband

DR. SLUMP
Von Toriyama
€ (D) 5,- / € (A) 5,20 / sFr. 9,30
- ◯ Bände 1 bis 18

MANGA CHECKLIST

HIKARU NO GO
Von Yumi Hotta/Takeshi Obata
€ (D) 5,- / € (A) 5,20 / sFr. 9,30
- ◯ Band 1 08/04

HUNTER x HUNTER
Von Togashi
€ (D) 5,- / € (A) 5,20 / sFr. 9,30
- ◯ Bände 1 bis 4
- ◯ Band 5
- ◯ Band 6 09/04

KARE KANO
Von Tsuda
€ (D) 5,- / € (A) 5,20 / sFr. 9,30
- ◯ Bände 1 bis 2
- ◯ Band 3 08/04

Empf. VK € (D) 24,95 / € (A) 25,90 / sFr. 45,95
- ◯ Kare Kano DVD 1 bis 5
- ◯ Kare Kano DVD 6
- ◯ Kare Kano DVD 7 06/04
- ◯ Kare Kano DVD 8 07/04

KIZUNA
Von Kodaka
€ (D) 6,- / € (A) 6,20 / sFr. 11,20
- ◯ Bände 1 bis 5
- ◯ Band 6
- ◯ Band 7 07/04
- ◯ Band 8 09/04

LEGEND OF LEMNEAR
Von Urushihara
€ (D) 10,- / € (A) 10,30 / sFr. 18,30
- ◯ Bände 1 bis 3

Empf. VK € (D) 12,50 / € (A) 13,- / sFr. 23,90
- ◯ **Poster** Legend of Lemnear

MAGIC KNIGHT RAYEARTH
Von CLAMP
€ (D) 6,- / € (A) 6,20 / sFr. 11,20
- ◯ Bände 1 bis 6

€ (D) 26,- / € (A) 26,80 / sFr. 45,60
- ◯ Illustration Collection **Artbook 1** (HC)
- ◯ Illustration Collection **Artbook 2** (HC)

FAKE
Von Matoh
€ (D) 6,- / € (A) 6,20 / sFr. 11,20
- ◯ Bände 1 bis 7

FRUITS BASKET
Von Takaya
€ (D) 5,- / € (A) 5,20 / sFr. 9,30
- ◯ Band 1 bis 2
- ◯ Band 3 07/04

FURI KURI / FLCL
Von Gainax & Ueda
€ (D) 6,- / € (A) 6,20 / sFr. 11,20
- ◯ Bände 1 bis 2

GOD CHILD
Von Yuki
€ (D) 5,- / € (A) 5,20 / sFr. 9,30
- ◯ Band 1
- ◯ Band 2
- ◯ Band 3 07/04
- ◯ Band 4 09/04

GOLDEN BOY
Von Egawa
€ (D) 10,- / € (A) 10,30 / sFr. 18,30
- ◯ Bände 1 bis 8
- ◯ Band 9 06/04
- ◯ Band 10 09/04

GRAVITATION
Von Murakami
€ (D) 6,- / € (A) 6,20 / sFr. 11,20
- ◯ Bände 1 bis 6
- ◯ Band 7 06/04
- ◯ Band 8 08/04

.hack - LEGEND OF THE TWILIGHT
Von Rei/Tatsuya
€ (D) 6,- / € (A) 6,20 / sFr. 11,20
- ◯ Band 1 07/04
- ◯ Band 2 09/04

CHECKLIST

NEON GENESIS EVANGELION
Von Sadamoto & Gainax

€ (D) 6,- / € (A) 6,20 / sFr. 11,20
- ◯ Bände 1 bis 8 ◯ Band 9 09/04

€ (D) 16,- / € (A) 16,50 / sFr. 28,60
- ◯ Photo-File 1: **Eve** ◯ Photo-File 2: **Adam**

€ (D) 36,- / € (A) 37,10 / sFr. 62,10
- ◯ 100% Newtype **Artbook**

€ (D) 26,- / € (A) 26,80 / sFr. 45,60
- ◯ Der Mond **Artbook**

€ (D) 26,- / € (A) 26,80 / sFr. 45,60
- ◯ Die Sterne **Artbook**

ONE PIECE
Von Oda

€ (D) 5,- / € (A) 5,20 / sFr. 9,30
- ◯ Bände 1 bis 28 ◯ Band 29 06/04 ◯ Band 30 08/04

ONE PIECE ARTBOOK
Von Oda

€ (D) 20,- / € (A) 20,60 / sFr. 35,10
- ◯ Color Walk **Artbook**

ONE PIECE RED / ONE PIECE BLUE
Von Oda

€ (D) 8,- / € (A) 8,30 / sFr. 14,80
- ◯ One Piece Red

€ (D) 7,- / € (A) 7,20 / sFr. 13,10
- ◯ One Piece Blue

ONE PIECE - POSTERMAGAZIN
Von Oda

€ (D) 4,90 / € (A) 5,10 / sFr. 8,80
- ◯ Heft 1 bis 3

ONE PIECE POSTKARTENBUCH
€ (D) 5,- / € (A) 5,20 / sFr. 9,30
- ◯ Postkartenbuch 1 bis 2

MANGA LOVE STORY
Von Aki

€ (D) 6,- / € (A) 6,20 / sFr. 11,20
- ◯ Bände 1 bis 6 ◯ Band 7
- ◯ Band 8 06/04 ◯ Band 9 07/04
- ◯ Band 10 08/04 ◯ Band 11 09/04

MANGA TALENTE
div. Zeichner und Autoren

€ (D) 5,- / € (A) 5,20 / sFr. 9,30
- ◯ Manga Talente 2004

MANGA ZEICHENKURS
Von Toriyama

€ (D) 5,- / € (A) 5,20 / sFr. 9,30
- ◯ Manga Zeichenkurs

MISSILE HAPPY
Von Miki Kiritani

€ (D) 5,- / € (A) 5,20 / sFr. 9,30
- ◯ Band 1
- ◯ Band 2 09/04

MIYUKI-CHAN IM WUNDERLAND
Von CLAMP

€ (D) 12,- / € (A) 12,40 / sFr. 21,90
- ◯ Miyuki-Chan im Wunderland

NARUTO
Von Kishimoto

€ (D) 5,- / € (A) 5,20 / sFr. 9,30
- ◯ Bände 1 bis 4
- ◯ Band 5 07/04

NAUSICAÄ AUS DEM TAL DER WINDE
Von Miyazaki

€ (D) 10,- / € (A) 10,30 / sFr. 18,30
- ◯ Bände 1 bis 7

NEJI
Von Yuki

€ (D) 6,- / € (A) 6,20 / sFr. 11,20
- ◯ Neji (Tb)

MANGA CHECKLIST

RECORD OF LODOSS WAR
Von Mizuno, Natsumoto & Ochi
€ (D) 6,- / € (A) 6,20 / sFr. 11,20
- ◯ *Die Chroniken von Flaim* Bände 1 bis 6
- ◯ *Die graue Hexe 1* Bände 1 bis 3
- ◯ *Deedlit* Bände 1 bis 2

DIE ROSEN VON VERSAILLES
Von Ikeda
€ (D) 12,- / € (A) 12,40 / sFr. 21,90
- ◯ Bände 1 bis 7

SAIYUKI
Von Minekura
€ (D) 10,- / € (A) 10,30 / sFr. 18,30
- ◯ Bände 1 bis 4
- ◯ Band 5 07/04

SCHOOL DETECTIVES
Von CLAMP
€ (D) 6,- / € (A) 6,20 / sFr. 11,20
- ◯ Band 1 09/04

SEIMADEN
Von Higuri
€ (D) 6,- / € (A) 6,20 / sFr. 11,20
- ◯ Bände 1 bis 10

SHAMAN KING
Von Takei
€ (D) 5,- / € (A) 5,20 / sFr. 9,30
- ◯ Bände 1 bis 3
- ◯ Band 4 08/04

SHE, THE ULTIMATE WEAPON
Von Takahashi
€ (D) 6,- / € (A) 6,20 / sFr. 11,20
- ◯ Bände 1 bis 4 ◯ Band 5 06/04
- ◯ Band 6 08/04

SKIP BEAT
Von Nakamura
€ (D) 5,- / € (A) 5,20 / sFr. 9,30
- ◯ Band 1 ◯ Band 2 06/04

ONE PIECE MERCHANDISE
Empf. VK € (D) 5,- / € (A) 5,20/ sFr. 9,80
- ◯ Kartenspiel

Empf. VK € (D) 6,95 / € (A) 7,20/ sFr. 13,60
- ◯ Mousepad, Motiv »Totenkopf«
- ◯ Mousepad, Motiv »One Piece-Mannschaft«

Empf. VK € (D) 3,95 / € (A) 4,10/ sFr. 7,70
- ◯ Notizblock Motiv 1 ◯ Notizblock Motiv 2

Empf. VK € (D) 26,- / € (A) 26,90/ sFr. 47,90
- ◯ Piratenflagge

Empf. VK € (D) 3,- / € (A) 3,10/ sFr. 5,90

Schlüsselanhänger, ◯ Motiv »Ruffy« ◯ Motiv »Chopper« ◯ Motiv »Logo One Piece« ◯ Motiv »Totenkopf«

Empf. VK € (D) 26,- / € (A) 26,90/ sFr. 47,90

Wall Scroll, ◯ Motiv »Ruffy« ◯ Motiv »Nami« ◯ Motiv »Lysop« ◯ Motiv »Zorro«

PLASTIC LITTLE
Von Urushihara
€ (D) 10,- / € (A) 10,30 / sFr. 18,30
- ◯ Plastic Little

PLEASE SAVE MY EARTH
Von Hiwatari
€ (D) 6,- / € (A) 6,20 / sFr. 11,20
- ◯ Bände 1 bis 14 ◯ Band 15
- ◯ Band 16 07/04 ◯ Band 17 09/04

PRINZESSIN MONONOKE
Von Miyazaki
€ (D) 6,- / € (A) 6,20 / sFr. 11,20
- ◯ Bände 1 bis 4

€ (D) 35,- / € (A) 36,- / sFr. 60,50
- ◯ Prinzessin Mononoke - **Artbook** (HC)

PRUSSIAN BLUE
Von Plaka
€ (D) 5,- / € (A) 5,20 / sFr. 9,30
- ◯ Band 1

RAGNAROCK CITY
Von Urushihara
€ (D) 18,- / € (A) 18,70 / sFr. 31,90
- ◯ Band 1 07/04

CHECKLIST

VENUS
Von Urushihara
€ (D) 16,- / € (A) 16,50/ sFr. 28,60
◯ Venus Illustrations Artbook

VIDEO GIRL AI / VIDEO GIRL LEN
Von Katsura
€ (D) 6,- / € (A) 6,20 / sFr. 11,20
◯ Bände 1 bis 13 (AI) ◯ Bände 14 bis 15 (LEN)
€ (D) 40,- / € (A) 41,20 / sFr. 69,60
◯ **Artbook** »4 C« (HC)

VISIONS OF ESCAFLOWNE
Von Aki
€ (D) 6,- / € (A) 6,20 / sFr. 11,20
◯ Bände 1 bis 8

WISH
Von CLAMP
€ (D) 6,- / € (A) 6,20 / sFr. 11,20
◯ Bände 1 bis 4
€ (D) 12,- / € (A) 12,40 / sFr. 21,90
◯ Wish Illustration Collection

X/1999
Von CLAMP
€ (D) 6,- / € (A) 6,20 / sFr. 11,20
◯ Bände 1 bis 18 ◯ Band 19 Somm. 04 ◯ Band 20 Herbst 04

YAMI NO MATSUEI
Von Matushita
€ (D) 6,- / € (A) 6,20 / sFr. 11,20
◯ Bände 1 bis 8 ◯ Band 9
◯ Band 10 07/04 ◯ Band 11 09/04

YU-GI-OH!
Von Takahashi
€ (D) 5,- / € (A) 5,20 / sFr. 9,30
◯ Bände 1 bis 4 ◯ Band 5 06/04

ZEUS
Von Higuri
€ (D) 6,- / € (A) 6,20 / sFr. 11,20
◯ Bände 1 bis 2

SPIRITED AWAY
Von Miyazaki
€ (D) 7,- / € (A) 7,20 / sFr. 13,10
◯ Bände 1 bis 5

TENCHI MUYO
Von Okuda
€ (D) 6,- / € (A) 6,20 / sFr. 11,20
◯ Bände 1 bis 12

DIE TOCHTER VON BASILIS
Von Saito
€ (D) 5,- / € (A) 5,20 / sFr. 9,30
◯ Bände 1 bis 4

TOKYO BABYLON
Von CLAMP
€ (D) 5,- / € (A) 5,20 / sFr. 11,20
◯ Band 1 ◯ Band 2 06/04
◯ Band 3 07/04 ◯ Band 4 08/04 ◯ Band 5 09/04

TOKYO MEW MEW
Von Yashida & Ikumi
€ (D) 5,- / € (A) 5,20 / sFr. 9,30
◯ Bände 1 bis 5 ◯ Band 6 ◯ Band 7 07/04

TRIGUN
Von Nightow
€ (D) 12,- / € (A) 12,40 / sFr. 21,90
◯ Bände 1 und 2

TRIGUN MAXIMUM
€ (D) 12,- / € (A) 12,40 / sFr. 21,90
◯ Bände 1 bis 3 ◯ Band 4 08/04

UTENA - REVOLUTIONARY GIRL
Von Saito
€ (D) 5,- / € (A) 5,20 / sFr. 9,30
◯ Bände 1 bis 5

VAMPIRE MIYU
Von Kakinouchi
€ (D) 6,- / € (A) 6,20 / sFr. 11,20
◯ Bände 1 bis 10

ZETSUAI: Siehe Rubrik »BRONZE: ZETSUAI SINCE 1989«

ANGEL-SANCTUARY-FANS AUFGEPASST:
EUER WUNSCH WIRD ERFÜLLT!
ALICHINO
Alichino 1
Taschenbuch
mit Ausklapp-
Poster
Alichino sind der Legende nach
Wesen von außergewöhnlicher
Schönheit, die einem jeden
erdenklichen Wunsch erfüllen
können.
Doch für ihre Dienste fordern
sie einen hohen Tribut...
©1998 by Kouyu Shurei
CARLSEN COMICS
www.carlsencomics.de
Erhältlich überall wo es Comics gibt!

TOKYO BABYLON
A SAVE FOR TOKYO CITY STORY

CARLSEN COMICS
Deutsche Ausgabe/German Edition
1 2 3 4 07 06 05 04

Aus dem Japanischen von Antje Bockel
TOKYO BABYLON volume 2

Originally published in Japan in 2000
by SHINSHOKAN Co., Ltd., TOKYO.
German translation rights arranged
with SHINSHOKAN Co., Ltd., Tokyo
through TOHAN CORPORATION, TOKYO.
Redaktion: Heike Drescher
Textbearbeitung: Jutta Harms
Lettering: Marion Gerth
Schrift: Dirk Rehm
Herstellung: Gunta Lauck
Druck und buchbinderische Verarbeitung:
Westermann Druck GmbH, Zwickau

ISBN 3-551-78012-9
Printed in Germany
www.carlsencomics.de

TOKYO
BABYLON
A SAVE FOR TOKYO CITY STORY

HALT!

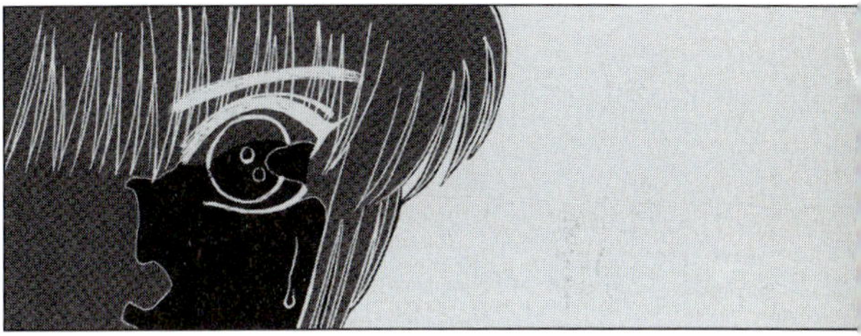

Dieser Comic beginnt nicht auf dieser Seite.
TOKYO BABYLON ist ein japanischer Comic.
Da in Japan von hinten nach vorn gelesen wird
und von rechts nach links,
müsst ihr auch diesen Comic auf der anderen Seite aufschlagen
und von hinten nach vorn blättern.
Auch die Bilder und Sprechblasen werden
von rechts oben nach links unten gelesen.
Schwer?
Zuerst ungewohnt, doch es bringt richtig Spaß.
Probiert es aus!
Viel Spaß mit TOKYO BABYLON.